CB040978

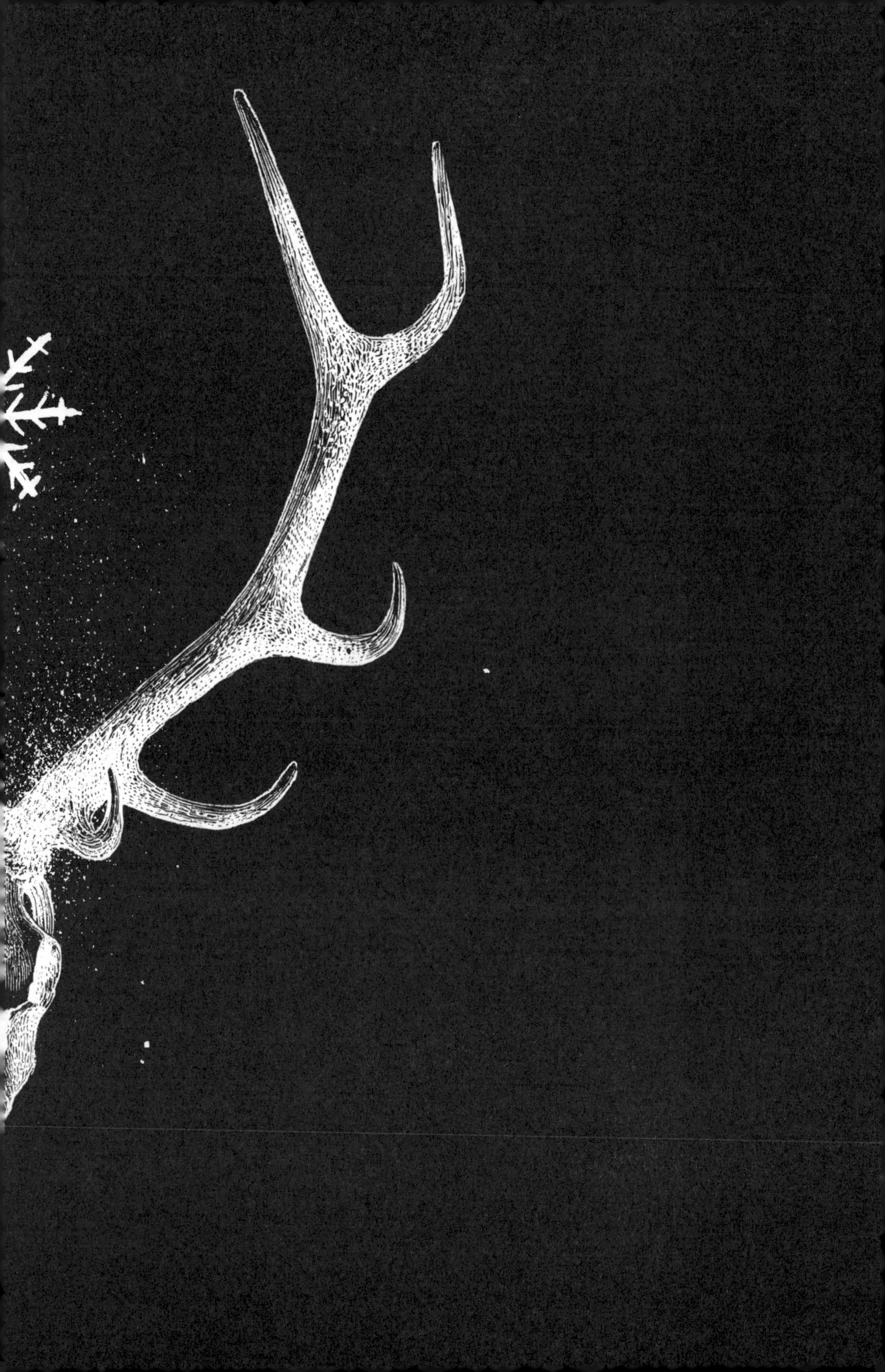

**CRIME SCENE®**
**F I C T I O N**



Publicado originalmente em 2019 na Argentina
pela Penguin Random House Grupo Editorial, S.A.



Diretor Editorial
Christiano Menezes

Diretor Comercial
Chico de Assis

Diretor de Novos Negócios
Marcel Souto Maior

Diretora de Estratégia Editorial
Raquel Moritz

Gerente de Marca
Arthur Moraes

Gerente Editorial
Bruno Dorigatti

Editor
Paulo Raviere

Capa e Projeto Gráfico
Retina 78

Coordenador de Diagramação
Sergio Chaves

Designer Assistente
Jefferson Cortinove

Preparação
Silvia Massimini Félix

Revisão
Fabiano Calixto
Retina Conteúdo

Finalização
Sandro Tagliamento

Marketing Estratégico
Ag. Mandíbula

Impressão e Acabamento
Gráfica Geográfica

DADOS INTERNACIONAIS DE CATALOGAÇÃO NA PUBLICAÇÃO (CIP)
Jéssica de Oliveira Molinari - CRB-8/9852

Lamberti, Luciano
O massacre / Luciano Lamberti ; tradução de
Diogo Cardoso. — Rio de Janeiro : DarkSide Books, 2024.
160 p.

ISBN: 978-65-5598-440-8
Título original: La Masacre de Kruguer

1. Ficção argentina 2. Horror
I. Título II.Cardoso, Diogo

24-3362 CDD Ar863

Índice para catálogo sistemático:
1. Ficção argentina

[2024, 2025]

Rua General Roca, 935/504 — Tijuca
20521-071 — Rio de Janeiro — RJ — Brasil
*www.darksidebooks.com*

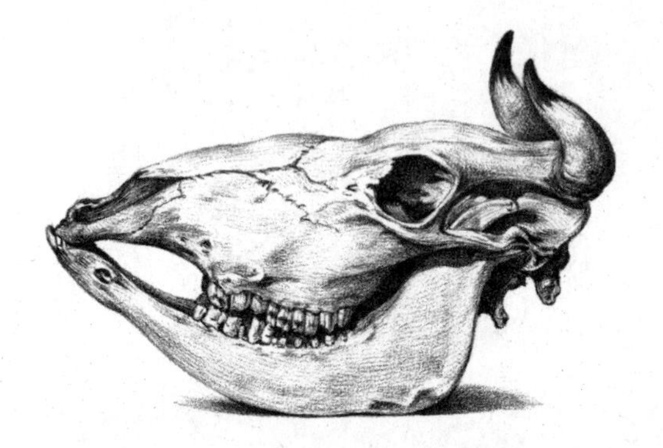

**LUCIANO LAMBERTI**

# O MASSACRE

DARKSIDE

TRADUÇÃO
**DIOGO CARDOSO**

LUCIANO LAMBERTI
O MASSACRE

# SUMÁRIO

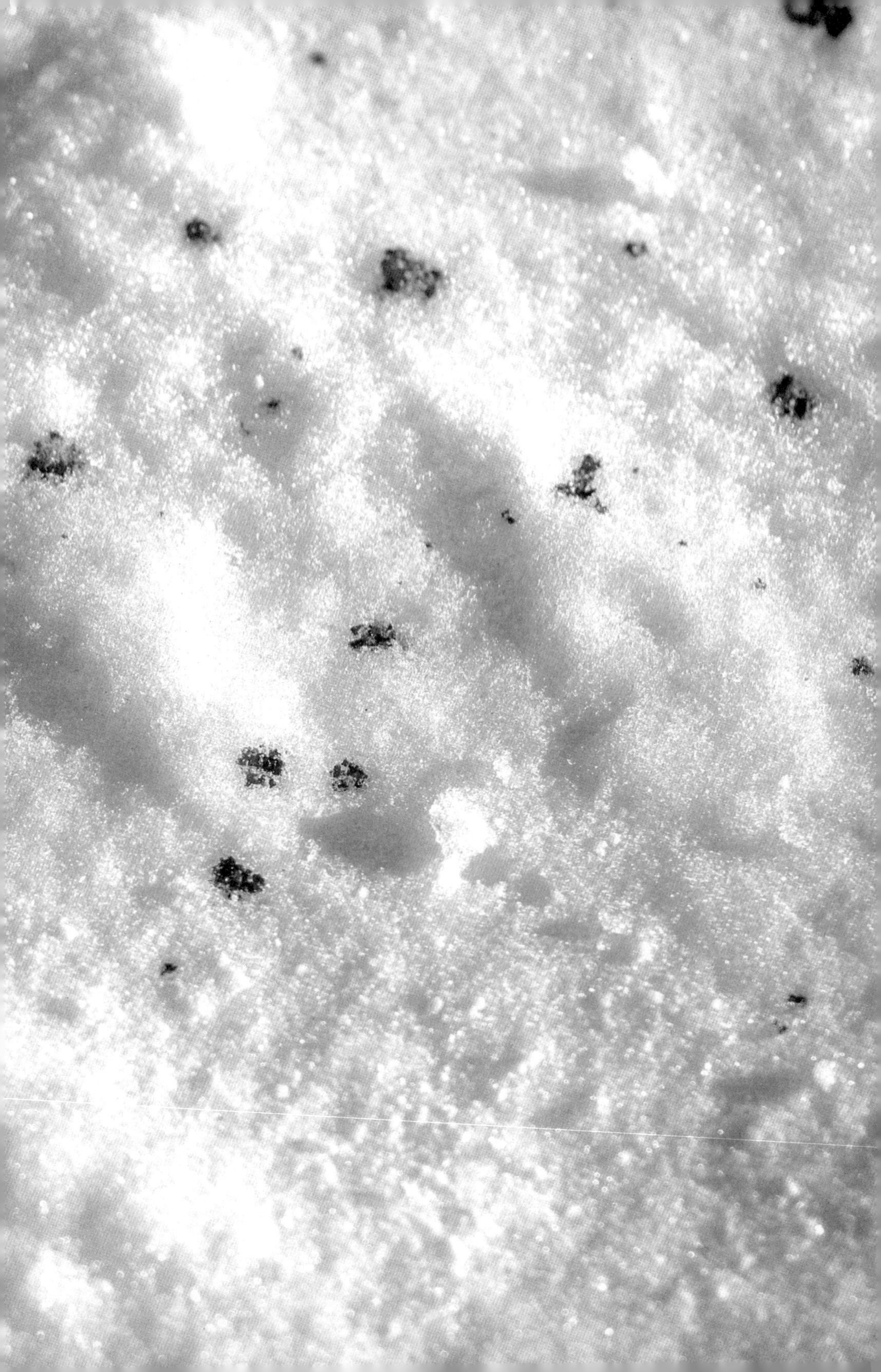

## LUCIANO LAMBERTI | O MASSACRE

*O cavalo para de pastar, levanta a cabeça e golpeia com os cascos as pedras planas da ladeira.*

*Então, surge o meteorito. Sua luz é tão intensa que converte a noite em dia. Cruza o céu imprimindo rastro de claridade na passagem e atinge, com uma explosão, o cume de uma montanha não muito distante.*

*O cavalo permanece olhando para onde o meteorito caiu, sem deixar de ruminar. Ele precisa comer: quando nevar, será impossível conseguir esse tipo de pasto fresco e verde. Mas o esplendor do meteorito, lá na montanha, o atrai, e logo se põe em movimento. Pega uma trilha natural, aberta entre pedras e arbustos baixos e espinhosos, que desemboca em um vale, na crista de uma das montanhas.*

*Ali brilha o meteorito, em meio à cratera, incrustado na terra. Apesar de estar rodeado por uma nuvem de poeira, seu esplendor é inconfundível.*

*O cavalo continua olhando. Observa o meteorito se acender e se apagar, como se respirasse.*

*Nos dias posteriores, o animal experimenta mal-estar crescente. Não tem fome, não consegue dormir, sua garganta dói como se tivessem cravado um espinho nela. Quer tomar água para conter o inchaço e se dirige até o riacho, mas quando se inclina cai sobre as patas dianteiras, de lado, e não consegue mais se levantar.*

*A neve, leve e constante, cobre seu corpo.*

*E quando some a neve, dois meses depois, não há nada além de pele seca e ossos.*

*Na montanha, o meteorito se apagou, como a brasa que se extingue, até ficar parecido com uma pedra qualquer.*

*Contudo, os animais do lugar sabem que não é pedra comum, e não se aproximam. Chove, faz sol, anoitece: sobre a pedra se acumula terra, e da terra nasce o pasto.*

*Mas o pasto não demora a secar.*

# 1
# Ratos

Em 26 de junho de 1987, a sra. Rosales se levantou pensando que precisava fazer um bolo. Imperiosamente. Assim ela disse ao sr. Rosales, que tentava continuar dormindo na cama. Era uma manhã muito fria, dois graus abaixo de zero, os vidros estavam embaçados. Tinha nevado à noite e quando ela abriu as cortinas pôde observar o espetáculo das montanhas cobertas de neve. Era "surpreendente". Foi uma das palavras que usou naquela manhã.

É uma paisagem surpreendente, disse ao marido.

Seu marido era pequeno e muito nervoso. Cerrou bem as pálpebras e desejou que sua mulher desaparecesse no ar, que um raio a aniquilasse, que o teto desmoronasse na cabeça dela. Nada. Ela se vestiu, com muito barulho e pouca consideração, como sempre, e foi à cozinha prosseguir com seu plano estúpido de fazer um bolo e contemplar a "surpreendente" paisagem, enquanto ele tentava continuar dormindo, mas já não adiantava mais.

Na cozinha, a sra. Rosales acendeu o fogo na salamandra, pôs a chaleira em cima, sentou-se à mesa e, em um caderninho, escreveu a lista dos ingredientes que necessitava para seu bolo. Sabia fazer de qualquer tipo, nunca precisou de receita, mas aquele era especial.

- Meia dúzia de ovos
- Um litro de leite
- Farinha com fermento
- Doce de leite
- Creme de leite
- Laranja (em raspas)
- Açúcar (já tinha)
- Raticida

Nesse momento, se deteve. Tinha escrito "raticida". Para que precisava disso? Ah, se lembrou: ratos. Não na casa, mas no cômodo de trás, onde guardavam o podador, o cortador de grama, as ferramentas de jardinagem. O cômodo de chapas de zinco. O sr. Rosales os encontrava de vez em quando. Às vezes, os amassava com a bota, às vezes, os cortava ao meio com um machado, mas sempre estavam ali. Era repugnante. Lembrou-se de que à noite havia sonhado com ratos. Uma centena, milhares, milhões; andavam pela casa enquanto dormiam, subiam na cama e se enfiavam por baixo da camisola, percorriam seu corpo como cem mãozinhas de unhas compridas.

Balançou a cabeça. A imagem era tão nítida e poderosa que a sra. Rosales tinha mais a impressão de ter vivido do que sonhado aquilo. Sublinhou duas vezes a palavra "raticida", então, e se levantou para preparar o chimarrão. Enquanto tomava o primeiro, parada em frente à pia, olhou a paisagem pela janela da cozinha. As montanhas, com as lajes inclinadas de pedra, cobertas por um branco que à distância parecia imaculado. Se Deus existia, sua imagem era a dessas montanhas. Algo branco, gigante e em repouso, cheio de energia contida, como um gigante adormecido. Algo azul e branco. Algo surpreendente.

Depois do chimarrão, vestiu-se para sair. Casacão, botas, luvas, touca de lã e cachecol. Guardou a lista de compras no bolso e gritou na direção do quarto.

Alberto, vou na mercearia.

Quê?

Vou na mercearia. Levanta.

Para de encher o saco, idiota!, gritou o marido.

Ela sorriu para si. Abriu a porta e saiu à rua.

Enquanto punha as luvas, observou Kruguer coberta de neve. Quase deserta. Silenciosa como um túmulo.

Na manhã dos dias de festa, podia-se ouvir a música nas ruas. As pessoas caminhavam entre os carrinhos de comidas típicas, sob bandeirolas coloridas, fotografavam, passeavam a cavalo, tomavam chocolate no Frenkell, brincavam na neve.

Agora, a rua estava deserta. Branca e deserta, banhada na primeira e espessa neve do ano.

As nuvens se abriram, o suficiente para que entrasse um raio de sol. Contudo, ao invés de aquecer o ar, a luz parecia resfriá-lo ainda mais. A sra. Rosales morava em Kruguer havia quase trinta anos, porém nunca se acostumaria a um frio semelhante, que parecia talhar a pele. Nem os ratos, esses ratos que...

Balançou a cabeça. Por que estava pensando nos ratos?

Caminhou pela calçada de terra, entre os pinheiros cobertos de neve. Poderia ter saído de carro, mas não valia a pena. A mercearia ficava a duas quadras, e tirar o Dodge, aquecê-lo para ligar, implicava mais esforço do que a caminhada até lá. A pé podia apreciar a paisagem. Com toda essa roupa, movia-se como um robô aprendendo a caminhar. O ar gelado e o fato de ter um projeto (aquele bolo maravilhoso) haviam-na deixado de bom humor.

Antes de chegar, cruzou com a sra. Fuentes, que vinha de lá com uma sacola cheia na mão. Pararam uma diante da outra. A sra. Fuentes tinha a cara carregada de *blush*. Havia tentado se maquiar, evidentemente, no entanto o resultado estava lamentável. Parecia um palhaço com demência senil.

Como vai, Marta?

Indo. Vou na mercearia.

Acabo de vir de lá. Frio hoje, hein? Pro fim de semana a previsão é de dez abaixo de zero, comentou a sra. Fuentes.

Quem se importa, pensou a sra. Rosales, porém não disse nada.

Você viu *A Indomada* ontem?, perguntou a sra. Fuentes. Que confusão.

Sim, sim. Aquela Verónica não tem limites.

Não! Nem acreditei! Ali, no monte de palha.

Ai, é amor ao natural, querida.

Tive até que me levantar e pegar um copo de água com gás.

Ai, sim.

Calaram-se.

Tenho que matar esses ratos, comentou a sra. Rosales. Estão em tudo, um horror.

Sim, faz bem, disse a sra. Fuentes, sem escutá-la, como se estivesse perdida em seus próprios e distorcidos emaranhados mentais.

Bom, até.

Tá bom, Marta. Se cuida.

Seguiu caminhando e, antes de chegar à mercearia, pensou mais duas vezes em ratos. Em uma, sentiu que um rato ficou "esquecido" dentro da roupa de baixo, movendo-se ali, morno e asqueroso. Foi uma cena fugaz, graças a Deus. Na outra, imaginou que os ratos comeriam o bolo. Via-os brigando pelos pedaços, desesperados, até reduzi-lo a nada, um monte de migalhas.

Tocou a campainha da janela gradeada e logo avistou o velho Di Paolo, arrastando os chinelos. Nessa manhã também parecia distraído. Uma orelha estava visivelmente cortada, e da ferida saía um sangue espesso e escuro, que banhava o pescoço e encharcara o pijama. A sra. Rosales não percebeu. Comprou os ingredientes para o bolo e pediu, em seguida, um raticida bem potente.

O único que tenho é este, disse o velho Di Paolo, pegando um frasco escuro, com tampa rosqueada. É um pó bem amargo. Duas colheradas já são o suficiente.

O velho Di Paolo lhe entregou o frasco, embalado em uma sacola plástica.

Ao chegar em casa, viu que Alberto tinha se levantado e estava na sala de jantar, segurando um par de sapatos. Observava-os como se fossem a única coisa que o mantivesse ligado ao mundo. Em frente ao sofá havia um televisor em cores, que nos dias bons pegava os canais 8 e 12. Naquele momento, passava o noticiário.

Vou preparar o bolo mais gostoso do mundo, anunciou a sra. Rosales.

Argh, disse o marido.

A sra. Rosales bateu os ovos. Acrescentou o leite e a farinha lentamente. Nesses dias especiais, gostaria de ter uma batedeira, mas para o sr. Rosales seria um gasto desnecessário. Claro que não era ele quem fazia os bolos. Só comia, com vontade. Enquanto batia, sem pensar demais, ou com pensamento fraco e morno (ratos devorando seu bolo, ratos no galpãozinho, ratos por toda a casa), abriu o frasco de veneno e despejou duas boas colheradas de pó na massa. Se pusesse menos, não surtiria efeito. Se acrescentasse mais, o gosto metálico, parecido com ferrugem, ficaria forte e arruinaria o sabor. Duas colheradas eram perfeitas, o velho Di Paolo tinha razão. Misturou tudo, ralou cascas de laranja por cima e enfiou o bolo no forno.

Sentou-se ao lado do marido e tomaram chimarrão, enquanto esperavam o bolo assar. Logo chegou seu filho, um adolescente de 17 anos, e se sentou com eles para ver televisão.

Lá fora, o dia estava esplêndido.

# 2

# O limite

**Programação da Festa da Neve, 26 de junho de 1987**

| | |
|---|---|
| 9h. | Discurso de abertura sob responsabilidade de Rodolfo Wairon. Boas-vindas. |
| 9h30. | Brincadeiras na praça. Bingo matutino. Chocolate quente. |
| 11h. | Corrida de sacos. Quermesse. |
| 12h30. | Oração e almoço. |
| 14h. | Exibição do filme *Crocodilo Dundee* no salão comunitário. |
| 16h. | Grupo de dança "Renascer". |
| 17h. | Bingo vespertino. Chocolate. |
| 18h. | Caça ao tesouro. |
| 20h. | Jantar no salão comunitário. Grupo musical "Trovando". |
| 21h. | Exibição do filme *Top Gun* no salão comunitário. |

**Domingo Silva**

"Se falava de algo. É mentira que tudo estivesse normal naqueles últimos dias. Óbvio: ninguém poderia imaginar. Verdade. Mas tinha, como se diz, *rumores* de que algo estava acontecendo em Kruguer."

**Martha Beliso**

"Duas noites antes, meu filho veio visitar a gente. Achei estranho porque nos últimos tempos ele não aparecia muito. Não que a gente tivesse brigado, a gente se limitava a conversar por telefone, só isso. Por mais que vivesse a quanto, 16 km de distância? Eu sabia que ele tinha lá as coisas dele, as namoradas, saída com os amigos. Mas veio naquela noite e ficou pra jantar. A gente tomou chimarrão enquanto via *A Indomada*, a novela da moda na época. Fiz macarrão à bolonhesa, meu marido voltou do trabalho e a gente sentou pra comer. Meu filho estava tranquilo, sossegado. Não havia nada de anormal. Parecia o de sempre. Comeu bastante e me ajudou a tirar a mesa e a lavar a louça. A gente conversou do trabalho dele (tinha conseguido um emprego de *office boy* na prefeitura de Los Primeros), sobre uma garota que ele gostava e que já tinha saído algumas vezes, uma moto que queria comprar com o salário. Nada de estranho, repito, exceto quando ele estava pronto pra sair. Quando ele estava indo embora, falei: Se cuida, filho. Essas coisas que as mães dizem, porque a gente tem medo pelos filhos. E ele pegou minhas mãos e percebi que seus olhos estavam cheio de lágrimas. Só de lembrar, fico toda arrepiada: o que se passava na cabeça do meu filho nesses dias? Depois enxugou o rosto, me deu um beijo e saiu. Foi a última vez que vi ele vivo."

**Martín Lupinno**

"Cheguei a ver a última Festa da Neve, a de 86, e me apaixonei. Espetacular. Os bailes típicos, a cerveja artesanal, os cordeiros assados na brasa, o chocolate. Uma maravilha. As crianças faziam bonecos de neve, os mais velhos se embebedavam e cantavam músicas alemãs aos gritos. Foi um dos destinos turísticos mais lindos que já conheci. Então, cheguei e comecei a contar pra todo mundo. Esse foi o erro, né? Porque contei pro Dall, o tapeceiro, e ele foi em 87, com a mulher e o filho. Ainda me sinto mal. Óbvio, quem ia imaginar que algo assim podia acontecer? Mas a culpa não me abandona. Se não tivesse dito nada, hoje estariam vivos."

**Julia Rauch**

"Na época, minha irmã Elsa comentou que se mudaria pra Los Primeros, pois estava cansada de Kruguer, que era bonito, mas frio, inóspito pra alguém com a idade dela. Então, ela propôs me ajudar no salão de beleza. Achei a ideia ótima. As gêmeas juntas de novo. Inclusive, ofereci minha casa pra ela passar os primeiros meses. E naquela semana disse pra algumas clientes com quem falava de tudo, desde problemas com filhos até traição, de dívidas à interpretação de sonhos, de doenças terminais a casos de gastroenterite e cistos nos ovários. Contei, como estava falando, que minha irmã gêmea vinha morar em Los Primeros. Estavam animadíssimas. E no dia 27 de manhã, uma das clientes me ligou pra perguntar se eu já sabia. Eu me lembro do telefone caindo da minha mão e de desmaiar."

**Gregório Pinna**

"Tive um pesadelo naquela noite. Eu não era de sonhar, menos ainda de ter pesadelos, mas naquela noite acordei de repente, não me lembro de muita coisa, só do alívio de ver minha mulher dormindo ao meu lado, de que tudo tinha sido apenas um sonho. Nesse momento, ouvi sirenes. Eram seis da manhã, mais ou menos. Muitas: polícia, defesa civil, ambulâncias. Saí à rua pra ver o que estava acontecendo e o *flaco* Rivas também tinha saído, de camiseta e calça de moletom, naquele frio. O que aconteceu, Flaco?, gritei do outro lado da rua. Ele fez um gesto de que não tinha ideia. Entrei, liguei o rádio, fiz café. E logo começaram a falar disso na FM daqui. Então, entendi que o pesadelo estava começando. Que esse era o verdadeiro pesadelo. Minha filha, meu genro e meus netos moravam lá."

**Fernando Bro**

"A imagem que me vem é esta: a de Kruguer como um lugar de sonho, um povoado serrano no meio da montanha, com as casinhas e os jardins bem cuidados, as ruas compridas e sombrias que se abriam entre as árvores, as montanhas azuis, a paz. Sempre que a gente visitava Kruguer, eu sentia muita paz. Era o lugar perfeito pra envelhecer. E que tenha acontecido o que aconteceu lá é algo que custo a acreditar. Que tenha sido tão perto de casa. Eu ainda não consigo aceitar, mesmo hoje, depois de trinta anos."

**Carlos Dut (ex-delegado de Los Primeros)**

"Eu gosto de ler. Principalmente história. Olha aqui: esta pilha é sobre a Segunda Guerra. E esta, sobre as Malvinas. Uns setenta por cento, não sei, setenta e cinco por cento do que você vê aqui é história. Agora que tenho internet, também assisto a documentários. Gosto das batalhas. As grandes batalhas: Waterloo, Bismark, os nazistas contra os russos em Stalingrado. O bombardeio de Dresden. Gosto de imaginar o que significa estar ali, ver esse limite. Porque é o que está em jogo nas grandes batalhas: o limite. Joga-se até onde esse limite pode ser estendido, que formas tomam essas extensões, o que podemos extrair dessas formas. Exatamente o que não está nos livros. O mais importante. Nos livros você encontra, sei lá, números, cifras, decisões dos altos-comandos, mas o limite não consta. Fala-se da quantidade de mortos, de aviões, de porta-aviões, de tanques, de mísseis, de barcos, de submarinos implicados. Mas a experiência da batalha, pouco ou nada se diz. Dos gritos, da fumaça, do sangue, dos xingamentos, dos membros extirpados voando sobre a terra, da cor do céu ou da forma das nuvens não se fala, a não ser que o historiador tenha estado lá ou seja muito imaginativo, algo pouco recomendável para o gênero, porque é sabido que os historiadores devem se ater aos documentos, sobretudo, aos oficiais, aos que têm certa legitimidade, e que a informação que escavam e nos brindam

por meio do seu relato sempre está baseada nesses documentos. O senhor viu fotos de Kruguer? Vou lhe dar permissão pra ver. Já mostro, não se preocupe. Viu o expediente? Quando tiver acesso a essas coisas, vai experimentar o limite. É disso que estou falando.
"Ninguém permanece o mesmo depois de ver algo assim.
"Os bombeiros, meus companheiros, eu mesmo. Não vamos esquecer. Nunca. Com certeza sonharam com o que viram naquela noite, algo tão monstruoso. Com certeza se levantaram e foram ver seus filhos dormir. Com certeza conferiram se as portas e as janelas estavam bem fechadas. Aconteceu com todos. Comigo também.
"Tínhamos visto o limite."

# 3
# Corpos na neve

Corpo de Abelardo Sini (64), encontrado no bosque, próximo à serraria. Mão direita amputada. Morreu devido aos sangramentos, ao que parece.

Corpo de Albertina Krum (71), encontrado no quintal de casa, entre os canteiros de gardênias. Apresentava múltiplos hematomas produzido por golpes, e supõe-se que morreu devido a hemorragias internas.

Corpo de Carlos "Chébere" Pereyra (20), encontrado entre as pedras à margem do riacho. Tinha vários ossos fraturados, dentre eles o do crânio, que se supõe ser a causa da morte.

Corpo de Pablo Lambaré (9), encontrado no bosque com múltiplos hematomas. As hemorragias internas foram a causa da morte.

Corpo de Horácio Di Paolo (58), encontrado no depósito da mercearia, entre os produtos estocados. Tinha uma faca de cozinha cravada no abdômen e morreu em decorrência de múltiplas hemorragias internas.

Corpo de Alicia Voss (44), encontrado no interior de sua residência, a duzentos metros da praça de Kruguer. Apresentava sinais de violação anal e vaginal. Supõe-se que foi asfixiada com sacola plástica.

Corpo de Rodolfo Wairon (51), encontrado na praça de Kruguer, perto do palco. Havia sido decapitado e bombeiros, polícia e peritos que trabalharam no caso passaram um bom tempo procurando sua cabeça e a acharam a cem metros, enterrada na neve.

Corpo de Luciana Kich (34), encontrado na garagem de casa. Tinha as unhas dos dedos arrancadas e estava sem vários dentes superiores e inferiores. Supõe-se que a ingestão voluntária de meio litro de água sanitária tenha provocado a morte.

Corpo de Fernando Tirri (28), encontrado sem roupa no vale ao redor do riacho. Supõe-se que morreu por congelamento.

Corpo de César Frenkell (72), encontrado na chocolataria que levava seu nome. Teve os olhos arrancados, os dedos da mão direita cortados e água fervente derramada no rosto. Acredita-se que morreu de parada cardíaca.

(Continua...)

# 4
# Visitas guiadas

**Márcia Sanz**

"O Beto insistia nisso. Eu não queria nem saber, a princípio, mas ele me encheu tanto o saco que acabei aceitando. Era a ideia que o Beto tinha de encontro romântico, imagino: uma excursão pro lugar onde morreu toda essa gente. Foi em 92, eu tinha 24 anos e estava disposta a esse tipo de coisa. Hoje eu não iria nem a pau.

"A questão é que fizemos as malas e uma tarde ele foi me buscar. O Beto não levou quase nada de roupa, óbvio, duas ou três camisetas amassadas no fundo de uma mochila velha. Mas levou a barraca: uma canadense de mil novecentos e bolinha, alaranjada, que usou quando tinha escalado Machu Picchu e navegado o Amazonas e vivido todo tipo de aventuras com, imagino, loucas como eu que aguentavam o tranco.

"O ônibus saiu de Once, e pela turma reunida ali, soube desde o início que era uma péssima ideia. O Beto cumprimentava todo mundo como se fossem amigões, e só foi o ônibus sair que as histórias começaram. Todos tinham mitos, dados, teorias. Inclusive o organizador da excursão, um cara mais velho, de bigode, parecia realmente convencido de que ali *aconteciam coisas*. Desde o começo, falou pra gente que se alguém sofresse do coração deveria comunicá-lo. Então, começaram com o delírio. As teorias sobre o motivo do massacre, que incluíam fantasmas, óvnis, civilizações perdidas, seitas satânicas, duendes, deuses romanos, tudo misturado, aquela grande salada.

"Nesse momento, falei: que não era racional que todos esses fenômenos tivessem acontecido num mesmo lugar. Que o mais lógico seria escolher um e se aprofundar nele, e que todos estavam pondo a subjetividade a serviço do lugar. Que enxergavam o que queriam e não sei mais o quê. O Beto escondeu a cara de vergonha e os outros me fizeram diretamente um gesto de desprezo. Voltei pro meu lugar e dormi escutando as teorias ridículas deles.

"Acordei quando estava amanhecendo. Os delirantes (inclusive o Beto) dormiam com a boca aberta depois de virarem a noite, quando abri a cortina vi as montanhas. Impressionante: era como estar na Suíça ou numa propaganda de chocolate. Montanhas azuis e brancas, imponentes. Às nove, passamos por Los Primeros, alguns desceram pra mijar, fumei um cigarro rápido, e depois o ônibus seguiu o caminho. Em vinte minutos estávamos em Kruguer. O lugar era lindíssimo. E sim, também um pouco assustador. Um bom lugar pra escrever um romance e matar a família com um machado. Ambas as coisas.

"A gente desceu do ônibus, acendeu cigarros, e o guia nos levou pra conhecer os pontos históricos. A gente foi na praça onde era feita a Festa da Neve. Viu os restos da chocolataria, do restaurante, do barzinho, do riacho. Subiu até o hotel, que tinha sido saqueado, mas estava em boas condições. O guia falou que, se alguém quisesse, podia dormir ali. Pensei que era um bom lugar pra dormir e dar uma trepada, definitivamente, mas o Beto disse que era *perigoso*. Enfim, passamos o dia de bobeira. Ao entardecer, o guia contou os detalhes do massacre, a forma como todas aquelas pessoas morreram, e retomou as teorias. Uma delas era a de que foram recebidas ordens do além.

"Eu levantei a mão.

"Sim?, perguntou o guia.

"Quem deu as ordens?, quis saber.

"É impossível saber, respondeu o guia.

"E não existe a possibilidade de que esse povo tenha ficado meio tantã?, questionei.

"Tantã?

"Louca, expliquei. Biruta, lelé.

"É provável, disse o guia.

"A-há, eu falei.

"E foi tudo. O Beto quis visitar o cemitério antes de anoitecer, mas eu já estava meio entediada e preferi ficar sozinha, perto da barraca, tomando chimarrão e fumando meu cigarro.

"O Beto voltou empolgado. Disse que era *impressionante* a energia lá de cima. Hummm, falei. Vamos dar uma trepadinha ou não?

"Vamos trepar, disse o Beto.

"E essa foi a única coisa boa de toda a viagem. Tenho que reconhecer que o Beto, por mais louco que fosse, fodia como os deuses."

# 5
# Um mês antes do massacre

Primeiro foi a fumaça. Fumaça das chaminés. O sinal de que as pessoas de Kruguer estavam acordando.

No inverno, a temperatura atingia dez, quinze graus abaixo de zero, e a maioria das casas dispunha de estufa ou salamandra. Compravam sacos de dez quilos na mercearia ou na madeireira, e o fogo não se apagava durante todo o dia. Alguns recolhiam, eles mesmos, lenha no bosque, mas fazer isso durante o inverno inteiro era uma loucura. Havia dois tipos de madeira: pinho e cedro. O que as diferenciava era o preço e o tempo de consumo. Algumas famílias se aqueciam com estufas de querosene, mas podia ser perigoso se não houvesse boa ventilação. As mulheres levavam bolsas de água quente ou tijolos enrolados em jornal para a cama. Andavam pela casa com blusas de lã e pantufas, e também luvas ou toucas, cobrindo-se com edredons de pena de ganso para dormir. De todo modo passavam frio, e o costume era que o primeiro a se levantar queimasse uma ou duas achas de lenha na lareira, sobre o rescaldo das brasas da noite anterior, para aquecer a casa e colocar a chaleira em cima.

Assim, dava para ver as colunas de fumaça se erguendo por entre as copas dos pinheiros, o que aconteceu naquele 26 de maio, um mês antes do massacre.

* * *

O cheiro de madeira queimada inundou as ruas, as luzes se acenderam nas janelas, portas se abriram e alguns madrugadores entraram no carro e foram trabalhar na capital ou em Los Primeros. O velho transporte público, que passava três vezes por dia, desceu pelo acostamento e parou para recolher alguns passageiros em uma guarida feita de troncos. Às sete e meia, começou o bramido da serra circular, lá em cima, na madeireira, e a motosserra com a qual Chébere e o Ganso, funcionários de Sini, derrubavam os pinheiros na parte mais virgem do bosque. Uma F100 com ferramentas na carroceria passou pela avenida de terra e subiu até o sopé da montanha, onde uma casa estava sendo construída. Naquele dia, a temperatura foi de sete graus, com umidade do ar de 15% e ausência quase total de vento. O céu estava limpo, sem nuvens.

* * *

Em 1987, Kruguer não era sequer um povoado. Tinha 97 moradores fixos. Uma chocolataria, uma casa de chá, uma mercearia, um restaurante, uma farmácia, um pequeno bar, um hotel que havia sido construído no início do século por Jerónimo Kruguer e levava seu nome, o fundador. As casas eram, invariavelmente, chalezinhos de duas águas, de tipo alemão ou suíço, com jardins bem cuidados, rodeadas por espesso bosque de pinheiros que se estendia por vários quilômetros, com um riacho onde as pessoas podiam se banhar no verão, além de montanhas cujos picos não demoravam a ser cobertos por neve. Contava com um cemitério, em um vale no alto das montanhas, cujas lápides gravadas em madeira eram obra de Sini, o proprietário da madeireira. Sua principal atividade era o turismo. Os pacotes incluíam estadia em hotel, excursões, cavalgadas, tirolesa, trilha e pesca.

* * *

Em 26 de maio, Flavio Jansenike, o dono da padaria Valencia, acordou às quatro, como todas as manhãs. Puta que pariu se foder caralho, pensou, desligando o despertador de corda. Sua mulher soltou um grunhido, aninhou-se nos cobertores e continuou dormindo. Jansenike sentou-se na cama. Parecia um urso: alto, pesado, calvo. Passou a mão no rosto, foi se arrastando até o banheiro. Mijou e pensou: filho da puta do caralho da porra do inferno. Escovou os dentes. Voltou ao quarto onde sua mulher dormia e se vestiu, pensando: ô, tomar no cu puta merda de bosta.

Em seguida, ele se agasalhou e saiu.

Era noite fechada, limpa, escura e sem lua, de um frio quase sobrenatural. A rua principal de Kruguer, de terra, rodeada por pinheiros altos é visível apenas pela fraca iluminação pública. Jansenike caminhou até a padaria com a touca de lã na cabeça, mãos nos bolsos, sem notar o que via todas as madrugadas, catingueira velha de jumento coxo abortado: estrelas gordas, dilatadas, entre as copas dos pinheiros, as casas sombrias e quietas, as montanhas que àquela hora pareciam de aço líquido, a escuridão palpitante do bosque.

Ao chegar, destrancou o cadeado e levantou a porta de metal. Estava entrando quando avistou, dentro de seu campo visual, um movimento estranho. Virou bruscamente a cabeça. Um vulto, uma sombra que se escondia. Um animal, com certeza. Um cão.

Mas não havia nada. Ou, o de sempre: a rua, os postes de luz, o casarão de Frenkell na esquina, que dava para sua chocolataria.

Jansenike continuou com o cadeado na mão, pensando se tinha visto algo ou não. Tinha visto, mas o quê? O que importava, essa caralha de lacraia azeda?

Então pôde ver, claramente, uma figura humana que atravessava a rua de quatro, a uns vinte metros, e desaparecia na esquina.

Entrou rapidamente na padaria e fechou a porta. Teve de se sentar no banquinho e esperar que as mãos parassem de tremer. Tentou não pensar no que tinha visto, não se perguntar quem (ou o quê) poderia estar de quatro a essa hora pela rua. Ficou ali com o medo revolvendo o corpo. Quando, quinze minutos depois, o garoto que o ajudava bateu na porta para anunciar sua presença, Jansenike deu um pulo.

Não se cumprimentaram. O garoto entrou e estranhou o silêncio, mas não disse nada.

Puseram os aventais, ligaram a amassadeira, despejaram a água, a farinha e o fermento, e o garoto se aproximou com dois frascos de plástico branco encardido: um deles levava a inscrição "sal" e o outro, "bromato de potássio". Despejou um punhado de cada. A máquina começou a funcionar com estremecimento. Jorge ligou o velho rádio portátil coberto de farinha. Uma locutora lia o boletim meteorológico, a temperatura e a umidade, e logo começou um tango.

*Primero hay que saber sufrir, después amar, después partir y al fin andar sin...*[1]

Ando meio encanado ultimamente, disse o garoto. Vejo... sei lá, coisas.

Flavio não respondeu. Serviu outro chimarrão e tomou-o pensativo, em meio ao ruído do rádio e da amassadeira, que era velha, dando a impressão de que o chão se sacudia.

Às sete, acendeu as luzes do balcão, da entrada e da placa com letras gravadas em madeira pelo velho Sini dez anos antes. Às oito e cinco, a campainha tocou e Flavio foi atender o primeiro cliente do dia.

No meio da padaria, com a sacola de feira, estava a sra. Fran, a esposa do velho Fran, o arquiteto. Usava um casaco grosso do qual sobressaíam suas raquíticas pernas de galinha, o permanente nos cabelos brancos pendia para um lado, como se ela carecesse de vontade suficiente para se olhar no espelho.

Se tivesse observado bem ela, Jansenike teria saído correndo da padaria e de Kruguer e talvez, até mesmo, da província, mas estava muito ocupado com seus próprios e retorcidos (e a porra do caralho da puta que o pariu) pensamentos para se dar conta de mais alguma coisa.

Bom dia, posso ajudar?, perguntou.

E durante um bom tempo não houve resposta.

* * *

1 "Primeiro tem que saber sofrer, depois amar, depois partir e por fim andar sem..." Trecho da canção "Naranjo en flor" (Virgilio Expósito, 1941).

A essa hora, o velho Di Paolo abriu a mercearia. Os vizinhos sabiam que estava funcionando por causa da cortina aberta atrás da janela gradeada, que dava para o cômodo com estantes metálicas de latas, pacotes de macarrão e açúcar, e também para o corredor; mais adiante dava para ver o velho Di Paolo, sentado na espreguiçadeira tomando chimarrão em frente à televisão, vestido com calças curtas, meias e chinelos. O ano inteiro se vestia igual: parecia não sentir frio. As calças dele vão sair andando sozinhas, diziam em Kruguer.

O primeiro cliente da manhã foi Flaco Rivas. O Flaco ficara bebendo vinho e jogando cartas com amigos a noite toda no bar de Steinberg, e tomou um porre antológico; ele, que era um grande colecionador de porres. Foi ziguezagueando pela estrada de terra, com andar que por vezes empacava tanto que parecia o ensaio de uma comédia do teatro do absurdo. Aproximou-se das grades, fez viseira com a mão (algo completamente desnecessário) para ver, ao fundo, o que passava na televisão, pronunciou uma frase ininteligível e bateu no vidro com os nós dos dedos.

Passados vinte segundos, voltou a fazer viseira: o velho Di Paolo não se mexia. Não porque não tinha escutado: mas porque simplesmente não tinha a menor vontade de se levantar. Sujeitinho de merda, disse Flaco. Queria dormir, mas antes ia fumar um cigarro. Um ou dois, não tinha certeza. Se tivesse de quebrar o vidro com as mãos, quebraria. Bateu de novo, com mais força, e teve de se segurar nas grades para não cair. Parecia estar no meio da tormenta.

Enfim, o velho se dignou a se levantar. Suas pernas magras, brancas e lisinhas eram asquerosas, mas Flaco Rivas não conseguia tirar os olhos delas enquanto se aproximavam, como se estivesse hipnotizado.

Fala, disse o velho, depois de abrir a janela.

Flaco começou a entortar a boca para responder. Custou-lhe muito começar, mas enfim conseguiu. Naquele exato momento, seu objetivo era: pedir cigarros na mercearia. Um passinho de cada vez.

Cigarro, disse. Me dá dois.

Marlboro ou Le Mans?, perguntou Di Paolo.

Me dá o Le Mans, tentou dizer Flaco Rivas, mas o que se ouviu foi uma espécie de gargarejo disforme. Megá Semans.

O velho Di Paolo jogou dois cigarros no batente da janela, que servia como balcão.

Pega, respondeu.

O Flaco pagou, recebeu o troco e pediu fogo.

Não tenho, falou o velho Di Paolo.

Como não tem, filho duma puta, resmungou o Flaco, como se viesse falando já há algum tempo.

O velho não respondeu. Permaneceu com o olhar fixo em algum lugar, atrás do Flaco Rivas, que só ele podia ver. Depois, chacoalhou a cabeça e fechou a janela.

Um dia vou tacar fogo nessa merda de mercearia, prometeu o Flaco Rivas para a janela fechada.

Começou a caminhar para casa. Encostou-se numa árvore, dormiu e quando acordou era meio-dia e o sol estava alto.

* * *

O lance é que estou nessa, no maior amasso, disse o Ganso, sentado em um tronco na parte sul do bosque.

Pode crer, incentivou o Bichi Bichi.

Chébere deu um gole na cerveja, sem falar nada, observando o bosque com seus olhos claros.

Estavam no tronco de um pinheiro cortado com a motosserra meia hora antes, com os braços e os capotes cobertos de serragem, dividindo um baseado grosso e um litro de Heineken comprado na mercearia de Di Paolo.

Tava doendo tanto que abri a calça e botei pra fora.

Assim, diretão?, perguntou o Bichi Bichi.

Diretão. Sem falar nada. No meio dos beijos.

Rapaz, disse o Bichi Bichi.

E uma hora a senhorita olha pra baixo e vê ele saindo da camiseta, ali. "Epa", ela disse, "você não perde tempo, hein."

E você, fez o quê?

Sei lá.

Prova. A cabeça de baixo. Vem trabalhar.

Assim, diretão.

Diretão, repetiu o Ganso. O lance é que, quando ela terminou, me deu uma puta vontade de cagar. Aí eu falei que ia dar uma volta, daí ela, ainda meio pelada, me disse que eu era um babaca e que não ia deixar ela ali sozinha, daí eu disse que ia cagar, que se ela quisesse podia vir junto e aproveita pra limpar meu rabo, daí a besta "ai, que nojo, vai, idiota", e eu: beleza, e quando estico o braço pra pegar o papel no porta-luvas, que sempre deixo ali, porque cago em qualquer lugar, a idiota se afasta como se eu já tivesse me cagado todo, daí eu falo: acabou de chupar minha pica, agora vai se fingir de delicadinha, e ela não disse nada, só acendeu o cigarro; daí eu me enfiei num canto qualquer pra ficar no escuro e cagar tranquilo, baixo as calças e eu ali agachado, no maior breu, daí o que eu vejo?, vejo uma luz do lado do rio.

Puta merda, disse o Bichi Bichi.

Chébere acendeu um Camel, soltou fumaça pela boca e tomou um gole da cerveja.

Eu já tinha deitado metade do toletão pra fora, continuou o Ganso, mas parei e fiquei agachado. E vejo a luz se aproximando de onde eu estava, era um cara de lanterna, um cara ou uma guria, não enxergava bosta nenhuma, e tive ideias, todas juntas, era o pai dela que queria me encher de porrada, a polícia porque a cuzona ainda era menor, o namoradinho de merda do colégio, um mongol que jogava rúgbi. Daí a luz foi se aproximando, cada vez mais, e eu ali de calça arriada, o coração na boca, tum, tum, estou contando assim, mas foi questão de segundos, e daí o cara desvia e passa do meu lado, ele nem me viu, mas eu vi: era o velho Keselman.

O Keselman? O doutor?

Sim. Estava andando a essa hora, sei lá, às três da manhã, pelo bosque como um louco filho da puta.

E o que você fez?

Nada, que merda que eu ia fazer?

Shhh, o Sini vem vindo.

O Ganso apagou o baseado e o guardou no maço de Marlboro. O Bichi Bichi jogou a garrafa de cerveja atrás do tronco e a cobriu com galhos de pinheiro. Chébere não fez nada. Continuou sentado, fumando e olhando para as árvores.

O sr. Sini caminhava pelo bosque, decidido. Era pequeno, enrugado, com pernas e braços curtos, setenta por cento de calvície, óculos e bigode inofensivo sobre o lábio superior. O Bichi Bichi e o Ganso seguraram o riso ao vê-lo chegar.

De lá, posso ouvir que não estão trabalhando, reclamou Sini. E tem cheiro de maconha. Posso procurar outros pra trabalhar de tarde, não tem problema.

Não fica bravo, patrão, disse o Ganso. A gente só deu uma paradinha, só isso. A gente estava aqui na conversa.

Pode continuar no almoço, Ganso.

Sim, patrão, beleza.

O sr. Sini ia saindo, mas encarou eles por um segundo. Principalmente Chébere, aquele rapaz alto e loiro. Chébere fumava abstraído e, quando sentiu que era observado, apenas desviou os olhos em outra direção.

Sini sentiu calafrios. Sempre teve mau pressentimento sobre esse garoto. Parecia-lhe uma bolsinha cheia de maldade. Mais próximo do animal do que de uma pessoa. Um réptil, um inseto gigante.

Quero mais três até o meio-dia, ordenou. Cortem e levem pra oficina, entenderam?

Sim, patrão, deixa com a gente.

Não é por mim, rapazes, mas é que minha mulher... disse Sini, e logo se calou. Ele também olhava para o bosque.

As árvores, enfim completou.

O Ganso olhou para o Bichi Bichi levantando as sobrancelhas.

A árvore olha pra alguém e alguém olha pra árvore, disse Sini, com a voz muito baixa, e suspirou, olhando para o bosque, como se estivesse lhe devolvendo um reflexo de sua própria vida difícil. Bem, rapazes, ao trabalho, tá?

Não esquenta, patrão. A produtividade.

A produtividade, sim, disse Sini, afastando-se. A produtividade.

Chébere ficou olhando para ele, enquanto se afastava. Tinha olhos claros, impenetráveis, como que dissipados pelo sonho.

* * *

Às onze e meia, abriram-se as portas da chocolataria Frenkell, que também funcionava como bar, e entrou Rodolfo Wairon, o presidente da comissão de moradores de Kruguer, bem penteado, de terno, como de hábito. Tinha passado uma colônia capaz de provocar náuseas a um metro de distância. Estendeu a mão para as garçonetes, do outro lado do balcão, e escolheu uma das mesas que ficavam ao lado da janela. Abriu a agenda e conferiu a lista de pendências, escrita com letra angular e muito caprichada.

1. Procurar locutor para o bingo das cinco.
2. Falar com Longo, o garoto, para limpar a rua.
3. Alugar brinquedos para a praça.
4. Mandar limpar o escorregador, os balanços e o gira-gira.
5. Perguntar à sra. Méndel como andam os ensaios do baile.
6. Falar com o velho Felicci sobre os cordeiros e com a sra. Jansenike sobre os molhos e os bolos da mesa de doces.

Achou que faltava um ponto, porém não se lembrava qual. Ultimamente, andava com a cabeça avoada. Um ponto, um ponto. Tinha certeza de que se lembraria tarde demais.

Olá, Rodolfo, como vai?, perguntou a garçonete.

Tudo ótimo, querida, e você?

Muito bem. Cortado, certo? Com *medialunas*?

Por favor.

Perfeito, disse a moça.

E estava prestes a sair quando acrescentou:

Viu a novela ontem?

Sim, eu assisti.

Que intrigante, não? Minha mãe disse que, pra ela, as cinzas da urna são da esposa do Lavedra. Viu que morreu sob — a garota faz aspas com os dedos — circunstâncias misteriosas?

Pode ser, respondeu Wairon. É bem provável.

Bom, disse a garota, fique à vontade.

Obrigado, disse Wairon.

Começou a escrever na caderneta algo relacionado à festa, da qual era o principal organizador, enquanto tomava o café. Quando se deu conta, já tinha escrito cinco páginas. Levantou a cabeça e olhou em volta. O bar estava bem cheio. Leu o que havia escrito: só frases incoerentes. Parecia importante, mas não sabia por quê. Incoerências importantes, que ainda poderiam servir para alguma coisa. Guardou-as no bolso.

Ao terminar, deixou a gorjeta e saiu. Era uma manhã maravilhosa, e tudo estava no lugar certo. Podia-se ouvir as crianças brincando na praça, os pássaros nos pinheiros, música clássica no restaurante de Bramwell. Passou por um vizinho que o cumprimentou com uma buzinada rápida. Wairon acenou com a mão. Aspirou o ar frio e seco da montanha e se dispôs a atravessar a rua para supervisionar o ensaio das danças típicas. Então, avistou um grupo de vizinhos correndo em direção à ponte, onde uma viatura estava estacionada.

* * *

Para a música!, gritou a sra. Méndel, no meio do salão comunitário.

A gravação parou abruptamente. A sra. Méndel, com tiara branca, roupa de ginástica rosa e quase noventa quilos (dos quais um percentual muito grande, afirmavam as crianças, correspondia às tetas) se posicionou no meio daqueles que dançavam, enfiados em vestidos típicos, de roupas vermelhas brilhantes, com bordados de linhas douradas nas pontas.

Estão fazendo muito brusco, não é brusco, é suaaaave, explicou, movendo a saia imaginária. Aproximou-se de um dos meninos, que olhou para seus seios por baixo, espantado, como se fossem cair na sua cabeça. A sra. Méndel o usou como acompanhante, dançando voluptuosamente ao seu redor. Gira, troca, gira, troca. Entendeu?

Um dos garotos levantou a mão.

Sim, pode falar, respondeu a sra. Méndel.

Estou com vontade de fazer xixi, disse o garoto.

Pode ir, disse a sra. Méndel. Suave, lembrem-se. Se fizerem brusco, podem se descoordenar, vamos. Um, dois, três, qua...

A música voltou a tocar. Os garotos foram suaaaave dessa vez, e a sra. Méndel os observava de canto, meio satisfeita, mas logo voltou a negar com a cabeça.

Para a música!, gritou.

* * *

Foi encontrado por crianças. Dois irmãos, um menino e uma menina, que voltavam do colégio no ônibus do meio-dia e precisavam atravessar o riacho para chegar à casa. Avistaram-no de longe e se aproximaram.

Um corpo, de bruços, ao lado do riacho. Em volta da cabeça — de cabelos finos e brancos bem penteados, apesar de tudo —, as pedras salpicadas de sangue seco, pedacinhos de osso branco que devia ser do crânio e uma substância cinza que parecia massinha ou papelão molhado. Havia uma mosca pousada no sangue.

A menina se agachou e observou com curiosidade o rosto do morto, com os olhos ainda abertos, cinzentos, vidrados. Parecia querer contar algo. Com um dedo, a menina tocou um olho. Estava seco como uma uva-passa.

Deixe-o, disse seu irmão. Está morto.

* * *

O morto se chamava Héctor Keselman, 64 anos. Era o único médico em Kruguer, absurdamente generalista, e atendia em um pequeno consultório localizado na região sul, passando a praça.

À uma da tarde, Carlos Dut e um jovem policial chegaram ao local. Havia um grupo de pessoas rodeando o cadáver. Rodolfo Wairon já estava ali, na qualidade de presidente da comissão de moradores, o mais próximo à autoridade de Kruguer. Tinha cara de preocupação genuína e se ofereceu para ajudar no que fosse necessário, porém Dut apenas agradeceu. Pediu a todos para voltarem para casa e as pessoas, aos poucos, foram se retirando.

A essa altura, a maioria dos habitantes de Kruguer já sabia do ocorrido. A morte era comentada por toda parte. Ele se matou, diziam. Keselman, o médico, apareceu morto ao lado do rio.

* * *

Ah, mas está todo estropiado. De onde será que ele caiu?, perguntou o jovem policial.

Dut não deu atenção. Estava agachado em frente ao cadáver. Levantou-se, recuou alguns passos e se virou a fim de contemplar a montanha diante de si. A uns quinze metros de altura havia algumas lajes horizontais que pareciam trampolins. Deve ter sido dali. Imaginou a parábola. Viu o corpo voar por alguns segundos e destroçar-se contra as pedras, sem rebote, um golpe seco e o sangue escuro, arterial, jorrando de alguma parte da cabeça.

Depois vasculhou a área e rastreou visualmente o chão, buscando algo, qualquer coisa fora do lugar, um galhinho quebrado, uma pegada na terra, uma bituca, um fósforo, um cabelo. Por ora, não encontrou nada.

O jovem policial o observava em ação. Fazia dois meses que tinha ingressado na corporação e estava ansioso para que lhe ensinassem algo, mas Dut não era de dar muitas explicações.

Estava deprimido, observou o jovem policial.

Hummm, disse Dut.

Não acho que alguém empurrou, opinou o jovem policial.

Dut puxou o lábio inferior, como sempre fazia quando estava concentrado.

Talvez tenha sido diagnosticado com alguma doença terminal, disse o garoto.

Dut acendeu um cigarro e soltou a fumaça pelo nariz.

Vá chamar o Deb, ordenou. Diz pra mandar uma ambulância com maca.

Entendido, respondeu o jovem policial, e partiu rápido, quase trotando, até a viatura.

Quando se foi, Dut subiu a montanha. Pegou uma trilha lateral, que ziguezagueava entre as pedras e os arbustos. Demorou uns vinte minutos até chegar ao topo.

Dali se podia avistar Kruguer inteira, que parecia um brinquedinho a essa distância, e grande parte de Los Primeros. O vale tinha um pasto seco e uma pedra gigante como a carapaça de um gliptodonte ao centro, mas Dut não prestou muita atenção. Procurava outra coisa.

Aproximou-se do precipício, onde estavam as lajes, e viu as bitucas amassadas na pedra. Eram sete. O dr. Keselman tinha fumado sete cigarros sentado ali, antes de se jogar. Não havia outros sinais significativos. As únicas pegadas eram dos mocassins do velho Keselman. Ele se matara, aparentemente. Dut não tinha ideia do motivo.

Depois Dut desceu a montanha e falou com Diana Gauss, a secretária do doutor.

* * *

Eu sabia que estava morto, disse Diana, sentada na sala de jantar de casa, que era pequena, muito limpa e bem cuidada, e estranhamente cheia de bichinhos de pelúcia: ursos, girafas, coelhos.

Eu *sentia*, disse Diana. Eu me levantei esta manhã e disse: O doutor faleceu. Não seria estranho, com tudo o que acontece aqui.

O quê?

Não sei, disse Diana. Não sei explicar.

Entendo, disse Dut (que não entendia). Gostaria de fazer umas perguntas, se não for muito incômodo. Se quiser, posso voltar dep...

Pode perguntar o que quiser, falou, determinada.

A senhora é a única pessoa que o via habitualmente. Lembra-se de algo distinto nele? Estava diferente nos últimos dias?

Não, não, não. Eu conhecia o doutor como se fosse meu marido. Eu teria percebido.

Nada? Na rotina? Ausentou-se em algum momento?

O doutor sempre chegava no consultório às oito, parava pra almoçar e fazer a sesta ao meio-dia, às cinco voltava e atendia até às oito. Sempre saía quinze pras oito, na verdade, pra ver *A Indomada*, é isso.

A relação entre vocês era...

Em que sentido?

Profissional.

Diana o olhava sem pestanejar. Dut assentiu.

A senhora sabe se o doutor tinha inimigos?

Não, respondeu Diana.

Dut se levantou.

Muito obrigado, disse. Não vou mais incomodá-la. Qualquer coisa, pode me ligar.

O que vai acontecer com o corpo? Ele não tem família, ninguém.

Eu te aviso, disse Dut.

(O corpo foi incinerado. As cinzas foram entregues em uma urna de madeira a Diana Gauss, que morreu na noite do massacre. A caixa foi colocada sobre a prateleira da chaminé, com a foto em preto e branco do dr. Keselman e uma vela de cada lado).

* * *

Às sete da noite, as chaminés de Kruguer voltaram a se acender.

Era um sinal de que o povoado se preparava para dormir. O cheiro de madeira queimada inundava novamente os caminhos, acendiam-se as luzes da iluminação pública, as pessoas que se cruzavam na rua, voltando do trabalho ou das compras, tinham um ar prematuramente ausente. Logo a escuridão pairava sobre o bosque. No céu escuro aparecia o luzeiro, Vênus, a estrela da manhã, brilhando intensamente sobre as montanhas. As ruas ficariam desertas, e as luzes das casas iriam se apagando, uma a uma, até que o povoado desaparecesse na escuridão quase absoluta. Muitos vão pensar em Keselman essa noite. Vão dedicar a ele um último pensamento antes de dormir.

Às oito, o Canal 12 exibiu o Capítulo 17 de *A Indomada*. A maioria dos moradores de Kruguer o assistiu, e o comentaria no dia seguinte, no transporte público que ia até Los Primeros, no trabalho, na fila da mercearia.

Diana Gauss assistiu na sala de jantar de casa, com roupão justo e pantufas felpudas, rodeada de pelúcias de cores variadas, nas quais predominavam o rosa e o azul, chorando de soluçar pela morte do chefe. Também o assistiu Diego Canut, que no mês seguinte mataria duas pessoas e se suicidaria, sentado junto a sua mãe na sala de jantar, tomando chimarrão e comendo bolachinhas. Érika Sully o assistiu, no chalezinho que ela alugava, tendo nos braços seu filho, que não parava de chorar enquanto esquentava a mamadeira.

A sra. Rosales e seu marido assistiram, um em cada ponta do sofá.

Em uma cena importante, o telefone começou a tocar. Nenhum dos dois se deu ao trabalho de ir atender. Vai lá, disse o marido. Vai você, retrucou a sra. Rosales. Estou te falando pra ir, idiota, insiste o marido. Tomara que você morra, seu impotente, retrucou a sra. Rosales. O sr. Rosales deu-lhe um safanão, mas a sra. Rosales se esquivou. Você é uma inútil de merda que não serve pra bosta nenhuma, disse o sr. Rosales. Inútil é você, devolveu a sra. Rosales, arrumando o penteado. Você merece os chifres que te pus, disse o sr. Rosales. Lixo imundo, retrucou a sra. Rosales. Depois ficaram calados. O sr. Rosales resmungou alguma coisa, que a sra. Rosales não conseguiu entender.

(Ambos estariam mortos por envenenamento na tarde de 26 de junho, junto ao filho, um adolescente de 17 anos.)

Wairon, sua mulher e seus filhos também assistiram ao capítulo da novela, em suas amplas poltronas brancas.

Sini assistiu, no pequeno televisor portátil da oficina, enquanto gravava com a goiva um pequeno pedaço de cedro. Era a lápide memorial que Diana Gauss havia encomendado naquela tarde.

A lápide devia dizer: HÉCTOR KESELMAN, DOUTOR.

De *A Indomada*, Capítulo 94, cena quatro, interior, dia:

(Verónica está com a taça na mão, o cigarro na outra e se move nervosa dentro do escritório de Pancho Lavedra.)

VERÓNICA

Ele nunca me levou em consideração. Eu sempre lavando sua roupa e criando seu filho e seguindo seus passos. E agora aquela... vagabunda vai ficar com tudo.

JORGE SUPPO

Não se pudermos evitar. Tenho um plano, Verónica. É algo... bem, cruel, mas pode dar certo.

VERÓNICA

(negando com a cabeça)

Você. Você e seus planos. Eu tenho nojo.

(Quer sair, mas Jorge Suppo a segura pelo braço. A taça cai no chão e seu conteúdo se espalha pelo carpete.)

JORGE SUPPO

Quer saber o que é um homem? Quer que eu te mostre o que é um homem?

VERÓNICA

Sim!

# 6
# Dr. Keselman

No início daquele mês, Keselman foi acordado no meio da noite.

Keselman, disse uma voz.

E, então, ele despertou do sono e com a mão trêmula acendeu o abajur da mesinha de cabeceira.

Estava sozinho no quarto, um cômodo com paredes de madeira. O despertador mecânico, com ponteiros escuros, indicava três horas e dezoito minutos. Teve a impressão de haver escutado uma voz, clara, chamando-o pelo nome. Pensou que estava adormecido. Pensou em uma dessas imagens hipnagógicas produzidas no limiar entre sono e vigília. Pensou ainda que tinha tempo para chegar bem-disposto ao consultório no dia seguinte.

Apagou a luz, fechou os olhos.

Mesmo que em seus 64 anos fosse solteiro, dormia em cama de casal, da qual só usava o lado esquerdo, metodicamente, como se no direito houvesse alguma dessas mulheres que roncam e mudam de posição a noite inteira, cobrindo-se e descobrindo-se toda hora. Encolheu-se e passou a manta pelos ombros, ainda não era junho e já fazia muito frio.

Keselman, repetiu a voz.

Dessa vez sentiu medo, como se algo vital, úmido e quente o abandonasse, a parte de si mesmo que respondia ao mundo.

A voz vinha de fora, do outro lado da porta. Alguém havia entrado em casa e estava de pé no corredor, no escuro. Um homem.

Sim, disse Keselman.

A voz não respondeu. Ele podia ouvir claramente as batidas de seu coração. Nada. Nem um ruído de passos. Alguém continuava ali. Levantou-se e apoiou a mão na maçaneta, e todo tipo de atrocidades desfilou pela sua cabeça nesse momento. Imaginou um homem alto, de três metros. Um homem com a cara destroçada em um acidente. Alguém escondido atrás de um móvel, observando-o com olhos ensandecidos.

No entanto, quando abriu a porta, encontrou apenas a sala de jantar de sempre. Acendeu a luz, verificou todas as janelas e tomou um copo d'água. Logo, se deitou e voltou a dormir.

Keselman era asseado, com hábitos saudáveis. Vestia-se com bons ternos, que de tempos em tempos comprava na capital, penteava-se cuidadosamente com um risco na lateral, cortava as unhas duas vezes por semana. Não consumia álcool. Sua vida era um plantão permanente: a qualquer momento alguém podia telefonar-lhe ou bater na porta para que atendesse a uma emergência, um parto, um acidente, um ataque de asma ou de tosse. Ele aparecia rapidamente, com o impecável cabelo repartido, o terno sem amassados, a cara limpa e lúcida como se estivesse esperando de pé, atrás da porta, por esse momento. Alguns não vacilavam em outorgar-lhe poderes sobrenaturais. Atendia todo tipo de caso e tinha um olfato especial para enfermidades mais comuns, sobretudo aquelas relacionadas ao clima, o frio da montanha e as variadas formas de combatê-lo (uísque, vodca e cerveja). Os homens adultos sofriam distintos graus de cirrose; as mulheres eram mais propensas às dores nos ossos provocadas por exposições prolongadas ao frio. Nas crianças, as enfermidades se tornavam moda: atacavam uma e rapidamente se estendiam para as demais, e desapareciam de forma tão misteriosa quanto tinham chegado. Havia os males típicos, como a demência senil, que se manifestava de forma muito alemã nessas terras, mas o grande campeão era o câncer, que detectava a quase dez metros de distância sem errar nunca. Era como contemplar uma árvore devorada por um parasita. Enviava-os por todos os meios à capital, porque ali não havia sequer uma máquina velha de raios x, contudo, por mais que se quisesse duvidar de seu diagnóstico, em noventa e nove por cento dos casos ele acertava.

Tinha feito isso por quase quarenta anos e sem queixas.

Mas então, certa noite, ouviu essa voz. Não podia ser o mesmo depois. Tampouco podia contar o ocorrido como se não fosse nada. Além disso, para quem contar? Tinha de viver com isso em algum lugar de seu coração. Na noite seguinte, esperou para escutar ou ver algo. Dormiu às duas da manhã, tranquilo, certo de que havia sido uma alucinação.

Uma semana depois, entre os pacientes, sentou-se à mesa e desviou os olhos claros em direção ao bosque e às montanhas, mais atrás.

Logo cairia a primeira nevada. Seria algo belo, como todos os anos. A temporada de turismo se abriria com a Festa da Neve, que ele adorava. Eram momentos que aliviavam sua solidão. Momentos de vida comunitária. Chegava cedo, participava dos últimos detalhes, inclusive, uma vez entrou no carro e foi até Los Primeros comprar algumas garrafas de vinho, quando o distribuidor falhou. As pessoas de Kruguer o conheciam e o respeitavam, e ele podia conversar um pouco com cada família. Todos se aproximavam para estender-lhe a mão, uma asseada mão branca com unhas recém-cortadas, como se o médico tivesse poderes mágicos. Ele sorria para as pessoas, perguntava como estavam, escutava. De coisas como essa era feita a vida.

Levantou-se da mesa, abriu a porta e disse:

O próximo, por favor.

Entrou uma mulher alta, de nariz adunco como bico de papagaio, acompanhada do filho, um menino magro como ela, com a cara cheia de erupções muito feias. Eram Violeta Henn e o filho, a família de Henn, o caixeiro-viajante.

Keselman aproximou-se do garoto e examinou as erupções.

Vai poder faltar alguns dias na escola, ele brincou.

O garoto deu um sorriso maravilhoso.

Keselman atendeu mais dois pacientes nessa tarde. Depois consultou a hora. Em quinze minutos começava *A Indomada*, no Canal 12. Verónica chegara à cidade e estava procurando trabalho e, obviamente, iria acabar na mansão de Lavedra, que (já havia sido mostrado) tinha alguns monstros escondidos no guarda-roupa, mas era boa pessoa.

Com cuidado, Keselman tirou o avental e o pendurou no cabide. O sobretudo, que sempre levava dobrado no braço, estava ao lado.

Abriu a porta. Diana recortava o artigo de uma revista, sentada na recepção do consultório.

Diana, já estou indo.

Boa noite, doutor, disse ela.

Boa noite, Diana. Precisa de carona?

Não, vim de moto.

Está certo. Então, boa noite de novo.

Boa noite, doutor. Durma bem. E não perca a novela.

Não vou perder por nada.

Amanhã a gente comenta.

Ótimo.

Keselman partiu. Estava anoitecendo. Maio ainda não tinha acabado e já era preciso se agasalhar. Mesmo para Kruguer, era uma temperatura delirante. Vestiu as luvas de couro sintético com parte interna felpuda e uma touca de pelo com tapa-orelha. Um carro passou em frente: era Birizi, funcionário da chocolataria, que foi se consultar algumas vezes por um problema na cervical. Em Kruguer, diziam que era homossexual: ele não tinha como saber. Também não gostava de fofocas.

Entrou no carro e pegou a rua principal, que era de terra e ziguezagueava entre pinheiros altíssimos, os mesmos que o velho Kruguer tinha plantado havia sessenta anos.

A luz filtrada entre as árvores e as montanhas era tênue, cálida, já estava ficando difícil dirigir sem ligar os faróis. Cruzou com alguns conhecidos pelo caminho, voltando do trabalho ou terminando seus afazeres antes de ir para casa, e os cumprimentou com uma buzinada curta e a mão levantada, como de costume. Passou em frente à fábrica de chocolate Frenkell, ao bar de Steinberg, ao restaurante de Bramwell, e viu que tudo parecia em ordem. Os comércios trabalhavam tranquilamente nesses dias com pouca gente. Semanas depois, iriam chegar os turistas e as ruas estariam cheias. Mesmo o casal de hippies que tinha uma barraquinha de artesanato se daria bem.

Chegou em casa, ligou a televisão e preparou um chá com leite. Sentou-se no sofá com o chá adoçado e algumas bolachas de água e sal. Enquanto passavam os créditos (Flora Gonzaga como Verónica em... *A Indomada*), partiu as bolachas e as mergulhou na caneca. Quando amoleceram, levou-as até a boca com uma colher grande, de sopa. A telenovela terminou e logo fechou os olhos, dormindo por um instante.

Despertou: o noticiário das nove mostrava alguns pequenos cachorros com estranhos penteados desfilando em uma passarela. Desligou a televisão e foi se deitar.

Passavam das três quando a voz novamente o despertou.

Não vinha do corredor. Vinha de outra parte que Keselman não conseguia identificar.

De pijamas, ele se levantou, aproximou-se da janela e olhou por alguns minutos o fulgor das estrelas em um céu escuríssimo.

Keselman, disse a voz. Quero te mostrar algo.

Estou indo, respondeu.

Vestiu-se, agasalhou-se com as luvas de couro sintético e a touca. Sabia que o caminho que iria percorrer seria longo, e era melhor se agasalhar. Indispensável também a lanterna, era noite fechada e não se via nada. Tinha uma retangular, de seis pilhas, que usava quando faltava luz, e a levou aferrada na mão direita.

Abriu a porta e saiu de casa. Andou alguns metros pela estrada de terra antes de se dar conta de que não fazia ideia para onde ia.

Por aqui?, perguntou, apontando em direção ao povoado.

Não, disse a voz.

Por aqui?, perguntou, apontando para a saída de Kruguer, a estrada que levava a Los Primeros.

Não, disse a voz.

Por aqui?, perguntou, apontando para a montanha.

Sim, disse a voz.

Atravessou o canal por onde corria o riacho, que a essa hora não era mais do que um rumor escuro, sobre a ponte de madeira que rangia quando pisada, e entrou no bosque. Acendeu a lanterna para ver onde punha o pé. Não havia nada além de camadas e camadas de palhas de pinheiros, secas na superfície e conservando a umidade das últimas chuvas de verão, mais próxima da terra, mas se chegasse a tropeçar em um tronco poderia se ferir. Sobretudo as mãos, seu instrumento de trabalho.

Caminhou com cuidado, então, entre as árvores, rodeou o hotel, que estava de luz apagada e sem hóspedes nessa época do ano, e avistou a cerca que Kruguer construíra sessenta anos atrás. Soube que essa cerca era uma espécie de muralha. Que o velho Kruguer havia levantado para proteger o hotel e os seus daquilo que estava mais além.

A trilha subia serpenteando pelo flanco da montanha. Iluminou-a com a lanterna e percebeu que se perdia de vista.

Cruzou primeiro uma perna, depois a outra, e começou a percorrê-la. Trinta metros depois, deteve-se e olhou para baixo.

Podia-se ver as luzes e as casas de Kruguer (a essa hora, tudo parecia imóvel como em uma maquete), e a uns vinte quilômetros, cruzando a montanha, a iluminação pública de Los Primeros.

Por onde?, perguntou agora.

Pra cima. Mais pra cima, disse a voz.

Por ali?, perguntou Keselman.

Por ali, disse a voz.

Demorou uns vinte minutos para subir. O caminho não era difícil, mas ele estava velho e cansado. Em algum momento, tropeçou e uma das rochas cedeu debaixo de seus pés, caindo de costas, quase dois metros mais abaixo. A lanterna desceu em queda livre, quicando nas pedras: ouviu o ruído do plástico e do vidro destroçando-se. Não podia mover um dedo e sentia, ao mesmo tempo, que era inútil se enganar: iria continuar. Estava de barriga para cima, dolorido e agitado na escuridão, olhando as estrelas.

Depois de alguns minutos, se levantou, ouvindo o ranger dos ossos como o de um monte de galhinhos secos, e continuou escalando quase às escuras.

Chegou então a uma área plana, um valezinho de uns vinte metros de comprimento onde, no centro, havia uma grande pedra cinza. Era igual a todas as pedras da montanha.

Aqui, disse a voz.

Keselman caminhou com as últimas forças até a pedra, agachou-se e pôs a mão nela.

Sentiu-se vazio e escuro, como a gaveta de um guarda-roupa em uma casa abandonada. Sentiu que o exterior desaparecia. Sentiu que já não estava em seu corpo.

Viu-se segurando um filhote de pomba, quando era um menino de cinco anos e ainda vivia na capital com seus pais. O filhote tinha caído do ninho do alto de uma árvore de sua casa, e o primeiro impulso foi o de subi-lo novamente. Tinha os olhos fechados, as penas suaves, piava baixinho durante a sesta e se aconchegava entre suas mãos como um pedacinho de algodão. Keselman esticou a cabeça do passarinho até que se desprendesse do pescoço. Fez isso sem pensar e, quando o sangue morno banhou a mão, sentiu vergonha e culpa, como se fosse o primeiro pecador do mundo, então jogou o cadáver e correu para se lavar.

Viu-se no pátio do colégio católico onde cursou o primário e o secundário. Estava no terceiro ou quarto ano e era um dos que estavam na roda de tortura. No meio, o torturado, Cernada, ou algo assim. Tinha algum tipo de atraso mental, e naquele momento chorava e tapava o rosto com as mãos, enquanto os demais gritavam, cuspiam e chutavam. Keselman não pertencia a esse grupo, mas gostaria de pertencer e fazia o impossível para ganhar seu afeto. Cernada, com olhar bovino e ranho eternamente pendurado no nariz, não o incomodava. Até o visitara uma vez em casa para ajudar nos deveres. Mas, nessa manhã, pegou um pedaço de barro e aproximou da boca dele.

Come, disse.

Os demais festejaram a iniciativa, aplaudindo e dando-lhe tapinhas nas costas.

Come, Cernada!, gritou Keselman.

O garoto chorava, negava com a cabeça, repetia: Não pode comer barro.

*Come, come, come*, cantavam os demais.

Cernada olhou para ele. Havia uma reprovação nesse olhar, uma centelha de inteligência. Keselman sentiu uma onda de culpa, mas não podia parar. Levou a mão contra a boca dele, empurrando a lama.

Cernada deu uma mordida no barro. Mastigou e depois fez careta de nojo. A baba que saiu de sua boca tinha cor de água suja.

Viu-se com alguns amigos, no secundário, violentando uma garota bêbada em um descampado, a paraguaia que limpava a casa de um deles. Viu-se na universidade, fazendo correr o boato de que um amigo seu, do qual tinha inveja, era homossexual e drogado. Viu-se internando o pai em um asilo público miserável para não gastar dinheiro. Viu-se dando um diagnóstico deliberadamente equivocado a um homem de Kruguer que não suportava, sem razões particulares, apenas porque lhe parecia chato.

Keselman tirou a mão, nauseado. A pedra mostrou-lhe a última visão.

Ele a viu, o ardor refletido em seus olhos, e seu rosto se desfigurou. Kruguer. Kruguer inteira desaparecendo no fogo. Os alaridos, a carne talhada, sangue na neve, os olhos derretidos sobre as bochechas. O fim de tudo o que havia amado.

Agora, Keselman, disse a voz...

# 7
# Carlos Dut, delegado aposentado

**Carlos Dut**

"Eu gostava de resolver problemas. Era um desafio. Adorava me meter em problemas pra ver o que acontecia. Você sabe jogar xadrez? Bem, há uma forma de reagir a certas aberturas assim: você se mete em problemas de propósito. Mas se mete sabendo como vai ser divertido sair, dar um jeito. Claro que, na minha profissão, a vida de algumas pessoas depende desse problema, então é preciso levar a sério.

"Na época em que aconteceu o massacre, a situação era outra. Eu me sentia pressionado por todo mundo: pelo prefeito, pela mídia, pelos familiares. Todos em cima de mim. E não conseguia dar nenhuma resposta. Todos aqueles mortos enfileirados. Eu não entendia. Ainda hoje não entendo. Acho que tudo tem explicação. Mas ainda não conseguimos explicar o massacre. Porém, em algum lugar há uma verdade que desconhecemos. É o que eu acho.

"Naquela época, tive uma depressão muito forte. Não sabia mais quem eu era. Fumava oitenta cigarros por dia, não dormia, não comia. Perdi quinze quilos. Quase não saía de casa. Nem mesmo pensava. Não podia pensar. Não estava desesperado em buscar uma resposta. Porque sabia de antemão que não tinha nenhuma. Não em termos racionais. Então, me limitava a me castigar. Era como um satélite girando ao redor de... sei lá. A realidade, imagino? As coisas passavam do meu lado como se fossem satélites. E eu enxergava como manchas embaçadas, sentia a gravitação, mas não podia distinguir uma da outra.

"Via os corpos dos moradores de Kruguer. Via o rosto barbeado e limpo do intendente de Los Primeros. Via o povoado se afundando no nada. E não podia fazer nada além de deixar acontecer. Tremia. Suava. Tinha sonhos assustadores. Tinha ereções inexplicáveis. Sentia presenças paranormais nos lugares aonde ia. Tinha alucinações. Via gente que não existia. Ou via os moradores de Kruguer que tinha conhecido, caminhando pela rua, entrando na minha casa, abrindo as portas e as despensas e os guarda-roupas, vestindo minha roupa.

"E só tinha que responder uma pergunta: o que aconteceu? Ou melhor, por quê? Era a pergunta mais simples. A pergunta básica que fazia surgir todas as outras. E era isso que eu não sabia. O que nem sequer as testemunhas podiam adivinhar. Porque também não entendiam. A princípio nem falavam. E quando conseguiram falar, quando tiveram a força de vontade pra falar do acontecido sem chorar ou ter um ataque de nervos, os testemunhos não ajudaram muito. Não apenas o caso não era claro: era uma merda de buraco negro que tragava toda luz em volta e crescia até devorar todos. Eu estava no centro desse buraco. Flutuando."

## Fabrizio Coronel
## (companheiro de bocha de Dut)

"O Dut? Ele agora trabalha resolvendo problemas. Você tem um problema, ele vem e resolve. Perdeu uma coisa, perdeu uma pessoa, o Dut encontra. É muito inteligente. Aqui perto vivia uma vizinha que tinha uma filha viciada. Uma garota de 17 anos. Um dia, ela fugiu com o namorado, roubaram a poupança da família e fugiram. O pai da garota foi procurar o Dut. Falou com ele enquanto assistia uma partida de bocha. E na mesma semana o Dut trouxe a garota de volta. Mansinha. Quanto ao namorado, a gente nunca mais ouviu falar."

## Mário Ribak (ex-chefe do corpo de bombeiros)

"Eu tinha uma relação muito próxima com o Dut. De a gente se reunir pra comer e tudo. E como ele era solteiro ('solteirão', como dizem aqui), às vezes, vinha pra casa passar o Natal, o Ano-Novo. É uma das pessoas mais brilhantes que conheci na vida. Ele via um papelzinho, um cabelo num galho, e já montava pra você a cena do crime. Agora não trabalha mais, mas nessa época era famoso por resolver os maiores mistérios daqui da região. Um policial de verdade. Não restam muitos assim. Um policial íntegro. Nunca aceitou propina, por exemplo. Também muito inteligente, muito observador. Sabe onde aprendeu tudo isso? Tinha aprendido com o avô. O avô era vaqueano. E quando o Dut ficou órfão, ainda criança, o velho criou e ensinou tudo."

## De "Facundo, ou civilização e barbárie", de Sarmiento

"O vaqueano é um gaúcho sério e reservado que conhece cada palmo de 20 mil léguas quadradas de planícies, florestas e montanhas. [...] Modesto e reservado como uma taipa, está em todos os segredos do campo; o destino do exército, o êxito da batalha, a conquista de uma província, tudo depende dele. [...] Um vaqueano encontra uma trilhazinha cruzando o caminho que percorre: sabe a que fonte remota conduz: se encontra mil, e isso acontece em um espaço de mil léguas, ele conhece todas, sabe de onde vêm e para onde vão. Ele conhece o vau oculto que tem o rio, mais acima ou mais abaixo do passo comum, e isso em cem rios ou riachos; ele conhece nos pântanos extensos um caminho por onde podem atravessar sem nenhum inconveniente, e isso, em cem pântanos distintos. Na mais escura das noites, no meio das florestas ou nas planícies sem fim, perdidos os companheiros, extraviados, dá uma volta ao redor deles, observa as árvores; se não há, desmonta, inclina-se na terra, examina alguns matagais e se orienta de acordo com a altura em que se encontra."

Carlos Dut

"Meu avô ia pra casa de campo, dava uma volta, se agachava aqui, se agachava acolá, olhava os postes e a terra, encontrava pegada, encontrava galho quebrado, cheirava a terra, subia de novo no cavalo e em menos de duas horas estava de volta com o animal. Cavalo, em geral, de raça, muito caro. Às vezes, me levava junto e ia me mostrando e contando o que pensava, a forma como pensava, mas, principalmente, a forma como olhava. Era espetacular. Nunca fui igual, tão bom, quero dizer, mas aprendi alguma coisa, o que me permitiu resolver alguns casos. Claro que nem em Los Primeros nem em Kruguer ocorriam grandes crimes. Havia pequenos roubos. Bêbados que perturbavam a ordem pública. Brigas de casal que saíam do controle. Houve assassinato, uma vez, quando eu era jovem e ainda não estava na corporação. E em cada um desses crimes pequenos, modestos, foi a maneira como meu avô me ensinou a olhar que me permitiu resolver.

"O suicídio de Keselman foi um sinal. Uma nota de discordância nessa harmonia que era Kruguer. Como uma gota de sangue no leite. Não consegui enxergar na época, e me arrependo muitíssimo. Mas depois daquele 26 de junho, acabei entendendo. Meu avô havia me ensinado a ver, mas eu estava cego."

# 8
# Premonições

**Roberto Soto**
**(morador de Los Primeros)**

"Na época, eu viajava todos os dias pra Kruguer porque estava terminando uma casinha de fim de semana que tinha levantado com minha mulher. Uma coisa modesta, com uma cozinha e um mezanino. Compramos o terreno com muito esforço e limpamos tudo, cavamos as fundações. Tudo no decorrer daquele ano. Mas conforme se aproximava a data do massacre, fomos perdendo a vontade de viver ali. Não sei explicar. Não que a gente tivesse visto algo anormal. Era uma sensação. Por fora, tudo parecia igual. Belíssimo. Como num conto de fadas. Tudo bem cuidado. Mas nem morto que eu ia viver ali. Falava pra minha mulher. A gente tentava falar disso porque na verdade era um pressentimento. Uma sensação. Uma impressão. E no dia 27, quando soube, pensei que eu já sabia que uma coisa assim ia acontecer. Todo mundo já sabia."

**Ariel Eugeni**
**(morador de Los Primeros)**

"No dia 27, minha mulher me acorda. Eu estava de ressaca porque tinha passado a noite anterior jogando pôquer com amigos. Digo pra ela: Me deixa dormir mais um pouco. E ela: Ariel, levanta, Ariel. Pelo amor de Deus, Ariel, levanta. Então, abro os olhos, são nove da manhã, e percebo que ela está chorando, arrasada, e me diz: Aconteceu algo em Kruguer. O que aconteceu? Ela se aproxima, liga a televisão e vejo as ambulâncias, os bombeiros, a polícia, a entrada de Kruguer isolada. Ela me diz: Estou com mau pressentimento. Daí eu respondo: Não aconteceu nada, amor. Ela apenas nega com a cabeça. A única coisa que fez. Porque sua irmã, Laura, morava em Kruguer com as gêmeas. E foi nesse momento que soube que elas tinham morrido. A irmã e as gêmeas estavam mortas. Soube claramente. Não me pergunte como. Tranquilizo minha mulher, faço chá, falo que vou na delegacia pra averiguar. Nesse momento, já haviam fechado o caminho, só passavam as ambulâncias e os bombeiros, que iam e voltavam. Estava cheio de gente querendo saber o que tinha acontecido, e alguns poucos policiais tentando conter o povo. Mas eu soube que era inútil, porque no meu coração, presta atenção no que estou dizendo, no meu coração minha cunhada e as gêmeas, duas menininhas lindas, já estavam mortas. E por mais que rogasse a Deus pra estar errado, meu coração dizia a verdade."

**Teresa Carretero (moradora)**

"Era uma piada da época. Sempre houve rivalidade entre Los Primeros e Kruguer. Besteira, né? Porém, nessa época se fazia piada de que, em Kruguer, todos eram loucos. As pessoas estavam ficando loucas, só isso. Mesmo assim eu queria, como em todos os anos, ir na Festa da Neve com meu marido e as crianças. Mas veja, não deu."

### Julio Messa (morador)

"Eu tinha que ir a Kruguer a trabalho naquela época. Ia algumas vezes por semana. E, conforme se aproximava o dia do massacre, comecei a sentir coisas estranhas. É difícil explicar, porque tem a ver com questões muito íntimas. Minha velha tinha morrido de câncer de cólon em 82. Foi uma perda muito grande pra mim, porque a gente morava junto e era muito unido, a ponto de assistirmos a novela todas as noites, de cozinhar juntos, de passear os dois, essas coisas. E a doença foi algo assustador. Ela teve metástase nos ossos e não aguentava mais de dor. A coisa é que quando eu ia a Kruguer, ao meio-dia, dar aulas de música pra um garotos que vivia lá, bem, ocorreu várias vezes de ver minha mãe correndo pelo bosque. Às vezes corria, às vezes se escondia. Uma vez parei o carro e desci pra me aproximar alguns metros. Mamãe, gritei. E ela se escondia atrás das árvores. Estava vestida com camisola e tinha o corpo... retorcido como na fase terminal da doença. Isso só me acontecia em Kruguer, e sei que não era só comigo."

### Juan Carlos Monetti (ex-funcionário do hotel Kruguer)

"Fazia vinte anos que eu trabalhava lá. Ia principalmente no começo de julho e de dezembro, os períodos de alta temporada, pra coordenar, com o Ralko Kruguer, as reformas, a pintura, essas coisas. Mas, em junho de 87, rapidinho me dei conta de que alguma coisa estava acontecendo. Quando fui ver o sr. Kruguer... não sei... parecia perdido. Ele sempre estava impecável, mas naquela época tinha mau hálito e a roupa suja, as unhas encardidas. Ele já era velho, e pensei que estava com Alzheimer ou demência senil. Porque tinha mudado muito nos últimos dias. Era preciso verificar a caldeira, retocar o verniz dos batentes, cortar a grama, um monte de coisa. E parecia que o sr. Kruguer não se dava conta de nada. Tinha certa angústia nos olhos. Daí, quando achava que ninguém estava olhando, falava sozinho. Por isso, quando fiquei sabendo do que tinha acontecido, na verdade, não me surpreendi. Era algo que estava no ar."

**Julio Senfredi (morador)**

"Já sabia que ia acontecer. Vi tudo. Com precisão, como dizer, gritante. Foi como sonhar acordado. Tinha voltado pra casa depois que saí do colégio onde dou aula de Matemática e Física, e sentei aqui, nesse mesmo sofá. Ia ler, me levantei pra pegar um livro, estava parado aqui, olha, bem neste piso, mas de repente me deu um branco e pareceu que ia desmaiar. E foi aí que eu vi tudo. Foi quinze dias antes do massacre. Eu vi. Ou melhor, experimentei. Estava num bosque de pinheiros, tinha nevado, e pude ver lá embaixo, na rua principal de Kruguer, os corpos. Um atrás do outro. Vi uma pedra. Não me pergunte o que era, mas eu vi. Uma pedra grande que brilhava. Vi os cartazes da Festa da Neve, as bandeirolas penduradas na rua e o palco. Vi tudo. E quando despertei, tinham se passado duas horas. Já era de noite e eu continuava ali. De pé, ao lado da biblioteca.

"Não me pergunte por quê. Nunca tinha acontecido e nunca aconteceu de novo. Não é que eu tenha um histórico de vidência. Foi filho único, como se diz. Uma única vez na vida. Li algo na internet sobre isso. Parece que existem outras pessoas como eu, que sofreram uma espécie de episódio de clarividência, uma vez na vida, e não voltou a se repetir. Tive a visão e cheguei a dizer a minha esposa na ocasião. Ela veio do trabalho (na época, era enfermeira do hospital San Justo, em Los Primeros), e falei: Vai acontecer algo horrível em Kruguer. Ela mora na capital agora, mas se você procurar ela, pode perguntar que ela confirma. O que vai acontecer?, me perguntou. Vão se matar, respondi. Daí ela falou que eu parasse de bobagens. Depois se arrependeu. Quando os cadáveres e os poucos sobreviventes começaram a chegar ao hospital, se deu conta de que eu tinha razão. Estava tão envergonhada que não quis me ver mais. E foi embora. Por isso a gente se separou.

"Fui conversar sobre a visão com o Dut uma manhã. Fui na delegacia. Não sei de onde tirei forças. Tinha muita vergonha. Eu me lembro de que fiquei mais ou menos meia hora nas escadas da delegacia, fumando, pra juntar forças. Depois, entrei e pedi pra falar com ele. Me disseram que tinha ido fazer não sei o que no campo, me apontaram um banco e eu sentei pra esperar. Voltou aproximadamente duas horas depois. Eu não tinha saído do lugar. Me levou até sua sala, pediu que me sentasse, sentou-se diante de mim e me escutou. Me olhou fixamente durante todo o tempo que falei, talvez uns dez minutos e, em seguida, quando me calei, continuou com o olhar fixo em mim.

"Evacuar Kruguer, concluiu.

"É a única solução que vejo, falei.

"E por causa de uma, como posso dizer?, alucinação.

"Uma visão, afirmei.

"Vai ser difícil. Mesmo que eu acreditasse no senhor. E não estou dizendo que acredito, o Dut falou, inclusive nesse caso, com que desculpa vou tirar as pessoas de lá?

"Dá pra inventar algo. Minta. Amanhã será a Festa da Neve. Vai acontecer amanhã. Vi os cartazes.

"Vá pra sua casa, relaxe, o Dut me aconselhou. Está tudo bem.

"Crianças vão morrer, eu disse.

"Ninguém vai morrer, não se preocupe. Toma algo, assiste *A Indomada*, esquece tudo isso.

"Naquela noite, enchi a cara. Fui ao bar do Horacio, o que fica na saída, rumo à capital, e me empenhei na tarefa. Pedi cerveja numa caneca grande e um *shot* de uísque, que mergulhei no interior da cerveja. Não conheço jeito melhor pra se embriagar rápido. Saí do bar algumas horas depois. Passei por um telefone público, esses alaranjados da Entel, e liguei pros bombeiros. Não sabia o que fazer. Liguei pros bombeiros e disse, com uma voz que quase não dava pra ouvir, imagino, que um incêndio havia se alastrado em Kruguer. Um grande incêndio. Que tinham que ir pra lá imediatamente. E desliguei o telefone e me comecei a chorar."

# 9
# História de Kruguer

**1923.** Nos primeiros dias de dezembro desse ano, Jerónimo Kruguer adquire as terras próximas ao riacho e às montanhas e inicia a construção do hotel. Ele é alto, loiro, tem a barba dourada da qual saem dois dentes de coelho. Nasceu em Luneburgo, cidade alemã de ruas de paralelepípedos e edifícios com abóbada que dava para o rio Elba. Na época, não havia caminhos, e a única maneira de acessar os terrenos era no lombo de mula. Kruguer arma um acampamento com os empregados de Los Primeros, que já naquela época era um povoado estabelecido, e dedica três anos inteiros à plantação de pinheiros que ainda cobrem as montanhas e o vale, à abertura do caminho que o conecta a Los Primeros e à construção do hotel. Seu irmão, arquiteto, participa do projeto: terá paredes de pedra, telhados de duas águas em madeira, vinte quartos, dentre eles se incluirão duas suítes, sala de estar, biblioteca, um refeitório imenso e terraço com vista para o rio, à margem das montanhas altas que dão para o sul, as primeiras cujos picos ficam completamente nevados no inverno.

**1925.** Jerónimo Kruguer conclui a construção do hotel e do caminho que conduz a Los Primeros e à capital. Sua mulher e os filhos vêm da Alemanha para reencontrá-lo. Kruguer se dirige à capital a cavalo, pega um trem até o porto de Buenos Aires, busca a família (uma mulher fraca e instável, com três meninos de 4, 6 e 9 anos, respectivamente) e a leva de volta, primeiro de trem e, na sequência, em uma carruagem até esse lugar inóspito nas montanhas, fazendo-os descer um a um para apresentá-los: aqui está, o projeto da vida dele, o maior e mais bonito que já realizou, sua única herança. O que acharam?, pergunta-lhes no alemão fechado de Luneburgo. Sua mulher vai desmaiar a qualquer momento, enquanto os meninos, ainda de calças curtas, o observam com seus olhos claros e cabelos impecáveis, com um jeito que, por um momento, a Kruguer parece um ímpeto assassino, como se quisessem saltar em seu pescoço e devorá-lo a dentadas. Vamos entrar, diz-lhes Kruguer.

**1926.** Em junho desse ano, Kruguer começou a ter sonhos. São sonhos intensos, vívidos, que costumam voltar no decorrer do dia seguinte, não como imagens soltas, mas como a sensação física de abandono e anulação da vontade, como se fosse uma folha arrastada pelo vento ou pela correnteza do riacho, como se o corpo não lhe pertencesse, como se alguém guiasse seus movimentos com mão firme. Descobre que fez coisas de que não têm a menor lembrança: enfiou um relógio velho no bolso do terno, guardou galhos secos no escritório, escreveu cartas em um idioma que não conhece, construiu esculturas de arame preto, criaturas sofridas e levemente deformadas, que deixou fora de alcance por receio dos filhos. Fecha-se na sala, com sua fileira de livros perfeitamente ordenados e que ninguém nunca leu, a resma de folhas brancas no escritório, o tinteiro e a pena, limitando-se a tomar copos e copos de uísque importado e dormir no sofá.

Nos sonhos, vê a si mesmo se levantando, no meio da noite, vestido com pijama azul e pantufas. Não precisa de lanterna: conhece o hotel muito bem. Desce as escadas, calça um par de botas e põe um grosso casaco de cotelê por cima do pijama, e vai para o parque atrás do hotel. A lua está cheia, ou quase, e se reflete na neve: dá para ver perfeitamente os pinheiros que mandou plantar. Parecem pessoas altas, aos trapos, imóveis, olhando para ele.

Na cena seguinte, Kruguer está prostrado em frente à pedra, que sobressai da terra como a carcaça de um inseto. Levanta a mão e toca a superfície lisa, e a pedra ganha temperatura e se ilumina, como um vaga-lume, e o brilho dela aquece seu rosto.

Então seu corpo deixa de lhe pertencer. Os pés o abandonam, e, em seguida, as pernas, depois os ossos, depois cada um dos pelos, depois as unhas e os órgãos e os olhos e a pele, pluf, extinguem-se no nada com o sopro de uma máquina de solda e já não é mais ele, pode ver-se de fora, primeiro como nos sonhos, depois como nos sonhos dentro dos sonhos. Em um dos sonhos, dormiu com a mão no calor da pedra e está sonhando que volta ao hotel, entra no quarto dos filhos, tapa a boca deles com a mão para que não acordem os demais e o degola com a navalha de barbear. Vê-se subindo as escadas para realizar o ato, vê-se realizando-o e antes de realizá-lo, vê o pijama ensopado de sangue, com a navalha na mão, e então desperta e está de pé, em frente à pedra, à noite, sonhando que está de pé, em frente à pedra, à noite, e a neve reflete a lua, e desperta e estão degolados no chão, com os olhos ainda abertos e azuis e mortos; então desperta pela terceira vez, degolando a si mesmo em frente à pedra, e na quarta está levando um dos filhos mortos pela vereda até a pedra, e assim por diante, como se houvessem se passado séculos até que acorda na cama e se enfia debaixo do chuveiro, e às vezes desaba a chorar, trancado no banheiro; em seguida, recompõe-se e se senta diante da escrivaninha para escrever suas cartas.

**1927.** No verão, o hotel recebe seus primeiros turistas. Kruguer em pessoa os recebe, vestido com impecável terno preto que, daí em diante, usará para o resto da vida. Os turistas ficam encantados com o lugar: um deles volta no inverno e, pouco depois, compra um dos terrenos vizinhos e começa a construção de uma casa de fim de semana.

**1934.** Eram seis as casas de fim de semana construídas nos arredores da estrada principal quando, duzentos metros mais adiante, era erguida a primeira casa de moradores que viveriam na região permanentemente. As casas eram abastecidas por poços artesianos. O leiteiro passa uma vez por semana. Para as outras coisas, é necessário viajar até Los Primeros. Kruguer matricula os filhos no colégio alemão da capital, de onde voltam uma vez por mês para visitá-lo. Foi construída a ponte de madeira para pedestres que atravessa o riacho. Kruguer contrata um ajudante, que mora em uma casinha nos fundos e se ocupa, até o dia de sua morte, das reformas, do corte de grama, do conserto dos telhados, de levar uma boa provisão de lenha, no inverno, para que a família possa queimá-la na grande lareira do refeitório.

**1940.** Outras casas de fim de semana são construídas, entre elas a de Wairon, o pai de Rodolfo, cuja família vem nas férias de verão e de inverno.

**1942.** Kruguer, que ainda não tem esse nome, já ostenta o espírito turístico que a caracteriza e recebe por volta de duzentos visitantes anuais. Na rua principal, Magdalena Bramwell abre um restaurante. As famílias residentes, que já somam cinco, começam a se reunir uma vez a cada duas semanas no que seria a protocomissão de moradores para tomar algumas decisões comunitárias. Abelardo Sini constrói sua casa e abre a madeireira.

**1943.** A esposa de Kruguer morre de desgosto ao tomar conhecimento do falecimento dos pais na Alemanha, resultado de um bombardeio das forças aliadas. A comissão de moradores decide inaugurar o cemitério no topo de uma das pequenas montanhas coberta de pinheiros, acessível para pedestres. A lápide é talhada a mão pelo próprio Abelardo Sini. Kruguer emagrece, consumido pelo ódio. Os filhos o veem como um fantasma levitando pelos corredores do hotel, do qual já se ocupa muito pouco.

**1946.** Kruguer suicida-se com um tiro. Os filhos, dois dos quais universitários, decidem enterrá-lo no cemitério local, junto da mulher, e discutem os rumos do hotel. Ralko, o caçula, assume a direção, a despeito dos irmãos que querem vender a parte deles.

**1948.** Quatro novos residentes constroem casas e se instalam em diferentes pontos do vale, dentre os quais César Frenkell, que mais tarde abrirá a chocolataria e o café que levarão seu nome.

**1958.** Já são vinte os residentes permanentes.

**1970.** Somam-se trinta famílias residentes. Por volta de quinhentos, os visitantes anuais. As linhas de energia cobrem a região. A localidade tem o aspecto com o qual a conhecerão em fotos: um lugar simplesmente perfeito, cuidado até o último detalhe: as casinhas de madeira, as ruas de arenito, crianças loiras de olhos claros caçando borboletas no bosque, os arbustos podados, os vasos de flores que adornam o caminho e as casas. O dr. Keselman abre o consultório e atende seus primeiros pacientes. Di Paolo, um dos pedreiros que trabalha na construção das casas dos residentes, compra um terreno em lugar afastado e abre a mercearia que leva seu nome.

**1978.** Um casal jovem ocupa um terreno e começa a construção de uma casa a mil metros do centro da localidade, próximo a uma das montanhas baixas próxima do riacho. A notícia não demora a se espalhar. São magros, malvestidos, e as histórias sobre eles correm velozmente. Que fugiram da prisão, são drogados, roubam a noite. Os adultos proíbem as crianças de falar com eles, e o velho Di Paolo não quer vender arroz e macarrão que vão comprar na mercearia. Pouco depois, partem e não voltam mais. Abandonam a construção ainda por acabar e deixam as mochilas abertas e jogadas no gramado.

**1980.** Kruguer tem 76 moradores fixos e um número considerável de casas de fim de semana ocupadas por habitantes das cidades maiores. As pessoas da região a chamam de "vila Kruguer" ou "colônia Kruguer" e, de modo mais simples, apenas "Kruguer" ou "no Kruguer". Foi construído um salão comunitário com cimento, pedra e madeira, como a maioria das construções do lugar, com aulas de dança, culinária e xadrez no inverno. Não é ainda, a rigor, um povoado, porque essa categoria só começa a ser considerada (segundo a Lei 10.806) a partir de cinco mil habitantes. A comissão de moradores, liderada por Rodolfo Wairon, organiza a primeira Festa da Neve, no dia 26 de junho deste ano, em que os turistas comparecem para ver a neve, tomar chocolate quente e passear a cavalo.

**1984.** A Festa da Neve converteu-se em clássico. A comunidade se reúne na praça: há bailes típicos, churrasco de cordeiro, amostras grátis de chocolate, rios de cerveja alemã, bingo e números noturnos no salão comunitário. Os comércios estão lotados, instalam-se barracas de comida e de artesanato, a arrecadação é triplicada e serve para se manterem até a chegada do verão, outra alta temporada (há mais uma na Semana Santa). Mas sobretudo reforça, nas palavras de Wairon, que é especialmente sensível a essas coisas, o sentimento de comunidade, de vizinhos que se conhecem, respeitam-se e compartilham o simples objetivo de viver em paz. Esse tipo de sentimento costuma ser enfatizado nos discursos que, ano após ano, Wairon pronuncia no 26 de junho, por ocasião da inauguração da festa.

**1987.** No dia 27 de junho de 1987, a população é reduzida a um habitante: a sra. Leandra Howell, viúva, que estava de viagem na Europa quando ocorreu o massacre, e na volta decide continuar a viver em sua casa, rodeada pelos fantasmas de quase uma centena de pessoas.

Morre em 1992 e é enterrada no cemitério de Kruguer, no alto da montanha.

# 10
# Cão-fantasma

Depois do massacre, a maioria dos animais de estimação de Kruguer foi adotada, a pedido de Dut e dos bombeiros, pelas famílias de Los Primeros que se ofereceram generosamente para cuidar deles. Havia dois pastores-alemães, um husky siberiano, dois peixes dourados no aquário, um porquinho-da-índia, três cardeais, três gatos, um canário e uma tartaruga.

Também havia um dogue alemão que pertenceu à família Weider. Os bombeiros o encontraram no dia 27, ao vasculhar a região em busca de sobreviventes. Mais do que encontrá-lo, o avistaram, de longe, entre os pinheiros. Chamaram-no, porém o cão fugiu e se perdeu no bosque. Os bombeiros deduziram que morreu, por causa da neve e pela falta de alimento adequado, mas os garotos que ano após ano viajam de Los Primeros a Kruguer, para se assustar e fumar maconha perto do riacho, atestam sua existência.

Alguém disse que esse cachorro era o espírito de Kruguer. Outro, que era o verdadeiro culpado de todas as mortes, que conhecia os segredos, que tinha poderes extrassensoriais, que era mágico.

De todo modo, o cão ainda vive lá, conforme se diz, comendo sabe-se lá o quê, dormindo sabe-se lá onde e cuidando dos parasitas sabe-se lá como, com idade impossível para qualquer cachorro de sua raça, e com a mesma aparência de quando ocorreu o massacre, não em estado selvagem, mas bem conservado, como se alguém estivesse cuidando dele.

# 11
# Já pra água, pato, pato

Eram onze da manhã do dia 26 de junho. Lá fora tocava Enya nos equipamentos de som instalados para a festa.

Mas Érika não iria. Estava sentada no chão, com os cabelos cobrindo o rosto, pensando em Chébere.

Rocco, seu bebê de onze meses, chorava a alguns metros, mas ela já não era capaz de escutá-lo. Estava distante, lembrando-se da noite que o conceberam. Érika guardava essa noite em algum lugar do coração para revivê-la sempre que precisasse. E agora precisava. Agora que o mundo estava ficando tão... estranho.

Naquela noite, Chébere e ela haviam sido eleitos o rei e a rainha da Festa da Primavera, celebrada em Los Primeros, em 21 de setembro. Ela estava linda, e não se envergonhava em admitir. Ele também estava lindo, a seu modo frio e patológico. As luzes do palco os iluminavam. Estava calor e todos beberam cerveja, riam e pareciam felizes. A música tocava alto. Chébere e ela beijavam-se perto de uma caixa de som. Érika sentia que devia “entregar-lhe sua flor”. Sentia isso com força cada vez maior. Então, o apresentador anunciou:

O rei e a rainha deste ano são Érika Sully e Carlos “Chébere” Pereyra!

Eles interromperam o beijo e começaram a pular. Subiram no palco, receberam as coroas e ganharam o cetro e, ali mesmo, os dois dançaram, diante de todos. E depois do baile, ela entregou “sua flor” a Chébere.

Queria fazer, estava disposta, e pôde aproveitar, ainda que tivesse doído um pouco. Dormiram abraçados no quarto úmido e fétido de Chébere, rodeado de pôsteres do Iron Maiden e do Black Sabbath, com cheiro de cerveja e cigarro, e foram acordados, depois do meio-dia, pela luz do sol. Foi uma noite perfeita.

O resto não importava. A falta de atenção de Chébere, que não quis se casar e nunca parava em casa. O modo como a desprezava. As mulheres que com certeza tinha por aí. Tudo isso não era nada comparado àquela noite, pensou Érika.

E ali estava Rocco, agora, chorando como um louco. Era o retrato vivo de Chébere. Os mesmos olhinhos e o mesmo nariz, como se o filho da puta tivesse se duplicado em outra pessoa. E não parava de chorar. Nos últimos dias, havia chorado durante horas.

No começo, Érika tentou acalmá-lo. Pegava-o no colo, brincava com ele, embalava-o, embora mal tivesse forças para se mexer. Porém, depois, nem sequer se incomodou. Sentou-se na frente dele, vendo-o simplesmente chorar. Naquela manhã, ele chorava sem parar desde as quatro.

Cala a boca duma vez, porra!, gritou Érika.

O bebê ficou mudo por alguns segundos, surpreso, mas logo retomou os berros.

Chorava só para arruinar sua vida. Era um enviado de Chébere. Olhou para ele, com os olhos desesperados, o rosto encharcada de lágrimas, as mãos agarradas no apoio do berço, a baba que caía da boca, e pensou: igualzinho ao inútil do Chébere, só que pequeno.

E mais: precisava dar-lhe banho. Já dera banho nele no dia anterior, mas por causa do esforço em chorar, o bebê estava desfigurado, coitadinho, e um banho podia ajudar a acalmá-lo. Esquentou a água, agora ignorando os berros, que já faziam parte do som ambiente, e encheu a bacia de plástico azul.

Agora, vamos tomar um banhozinho, disse. Já pra água, pato, pato, sem sapato, pato.

Ainda cantando, tirou a roupa, o body com desenhos de estrelas, as meias e a fralda, e o enfiou na água. Já pra água, pato, pato; já pra água, peixe. O bebê continuava chorando. Érika o mergulhou por inteiro, corpo e cabeça, sentindo que o ar livre do choro era translúcido e belo, como uma bolha. E no interior dessa bolha estava ela, dormindo. Permaneceu assim durante cinco minutos. A princípio, Rocco resistiu, esperneou e moveu os braços, desesperado, mas depois amoleceu como alga na água. Érika o soltou. O corpo subiu à superfície, de barriga para baixo.

Ela dormiu por alguns minutos, ao lado do corpo. Sonhou que era a rainha da primavera. Todos os garotos abaixo do palco eram seus súditos. Podia fazer o que quisesse com eles.

Ao acordar, viu Rocco flutuando de barriga para baixo e pensou: vai ficar com frio. Vestiu o bebê da forma mais bonita que pôde, com a melhor roupa, presente da avó, e o ajeitou sentado no sofá, ao lado dela, para assistirem à televisão juntos. Mas Rocco estava molinho, caía. Então, ela o apoiou com um cinto e algumas madeiras compensadas que encontrou.

Na televisão, estava passando a propaganda do capítulo de *A Indomada* que seria exibido naquela noite.

# 12
# Álbum de família

**Uma foto de Kruguer na última Festa da Neve, de 86.**

A comissão de moradores reunida no palco para a inauguração. Rodolfo Wairon no centro. O dr. Keselman. O casal Frou. A sra. Méndel. Chébere. A sra. Rosales. São, ao todo, doze pessoas. Todos sorriem para a câmera.

**Uma foto dessa mesma festa, horas depois.** Moradores e turistas sentados em frente às bancadas, levantando canecas de cerveja. Ao lado, na praça, é possível ver os brinquedos de madeira, o palco, as crianças vestidas com trajes típicos, os cordeiros assando na brasa. Uma menina com o rosto manchado de chocolate. Uma loira, gorda, de tranças, com a caneca de cerveja na mão. Quase fora da foto, um homem com acordeom pendurado no ombro.

**Fotos de Kruguer coberta de neve, em junho, julho e nos primeiros dias de agosto de 1986.**

**Fotos de turistas na neve.** Turistas fazendo guerra de bolas de neve. Um boneco de neve no meio da praça central, com cachecol, touca e nariz de cenoura. Fotos de turistas acenando, montados a cavalo.

**Foto da família Blenm:** pai, mãe, filha e o labrador cor de mel, sorrindo e saudando em frente de casa. **Foto da família Doria:** mãe, avó, filhas adolescentes, sorrindo em frente de casa. **Foto da família Frou:** casal sem filhos, abraçados e sorrindo em frente de casa.

**Uma foto da entrada.** Placa talhada à mão (BEM-VINDOS A KRUGUER!) na lateral, sobre a chapa de carvalho, como as placas de rua e de muitos dos comércios.

**Uma foto do riacho congelado no inverno, com as montanhas ao fundo, azuis e com o pico coberto de neve.**

**Uma foto da principal rua do povoado.** As laterais das primeiras casas. Sob o céu azul, espelhado, os cabos das vias elétricas. Ao fundo, quase invisível, a fachada branca, com grandes vidraças, da chocolataria. As bandeirolas coloridas penduradas no meio da rua. Ao lado, uma manchinha escura. É preciso uma lupa para saber do que se trata: um sapato de mulher, de salto alto, coberto de neve pela metade.

**Foto de 26 de junho de 1987**, tiradas pelos peritos do caso. **Fotos do incêndio do bosque e de algumas casas. Fotos da praça**, em cujo centro, afastado dos balanços e do escorregador, ergue-se o palco com suportes de ferro laqueado e tábuas de madeira no piso em que a festa devia ser celebrada. **Fotos dos brinquedos carbonizados. Foto dos mortos na neve.**

**Foto de uma das vítimas, garoto de 13 anos**, com camiseta e calça do time de futebol Ordem & Progresso de Los Primeros, sustentando a taça de um dos campeonatos regionais infantis. **Uma foto das gêmeas Berutti**, de maiô e toucas de natação, há pouco fora da água, com duas medalhas penduradas no pescoço, correspondentes ao primeiro lugar dos cem metros livres e cem metros de costas, respectivamente, do Campeonato

Estadual de Natação, ocorrido na capital dois meses antes do massacre. **Foto de garoto de 14 anos**, também morto no massacre, recebendo o diploma de segundo lugar das Olimpíadas Nacionais de Matemática.

**Fotos do interior das casas. Fotos de salas de jantar e tapetes**, com paredes de madeira. **Fotos da cabeça empalhada de um cervo**, em uma dessas paredes. **Fotos de um cachorro empalhado. Fotos de pássaros empalhados. Fotos de livros nas estantes. Fotos de cruzes penduradas acima das camas. Fotos de uma virgem com o manto celeste. Fotos de São Caetano e Santo Expedito. Fotos de vasos de cerâmica com cachos de bananas dentro. Fotos de lava-rápidos e garagens com carros estacionados. Fotos dos quartos, das camas, dos paletós pendurados em cabides nos guarda-roupas.**

**Fotos de casas incendiadas**, com janelas quebradas, portas abertas e paredes escuras.

**Fotos de cada um dos corpos.** Noventa e duas fotos de corpos. **Fotos de cada corpo fotografado em perspectivas e ângulos variados.** Duzentas e quarenta fotos de corpos.

**Fotos das armas utilizadas nos assassinatos.** Um rolo de arame, três estacas de madeira, dois rastelos, dois machados, duas marretas, seis facas de cozinha, duas navalhas de barbear, cinco sacos de lixo, duas cordas penduradas no galho de um pinheiro.

**Fotos de corpos carbonizados, decapitados, estripados. Foto de mãos na neve. Foto de uma cabeça na neve. Fotos de pessoas enforcadas, mortas de frio, afogadas, com uma estaca cravada no peito.**

**Fotos das instalações do hotel. Fotos dos turistas mortos na cama.** Nove turistas: dois casais, um deles com três filhos, e um casal de idosos. **Fotos da cozinha, do refeitório e dos banheiros do hotel Kruguer após o massacre.**

**Fotos dos cadáveres enfiados nos sacos, no jardim frontal das casas. Fotos do delegado Dut e seus ajudantes ao lado dos corpos. Fotos do delegado Dut com o cigarro na boca. Fotos das ambulâncias que transportaram os corpos. Fotos dos funcionários do necrotério, dos bombeiros e dos policiais enfiando os corpos nas ambulâncias.**

**Fotos da quadra de basquete do clube Ordem & Progresso**, com os 92 corpos dispostos em filas ordenadas no assoalho.

**Fotos de Kruguer sem pessoas. Fotos das casas em ruínas. Fotos dos troncos dos pinheiros carbonizados**, apontados para o céu como um exército de lanças. **Fotos da rua principal coberta de folhas de pinheiros. Fotos da placa de entrada, sem verniz, amarelando. Fotos dos jardins descuidados, das janelas quebradas nas casas, das portas abertas.**

**Fotos de excursão para Kruguer. Fotos de turistas que posam ao lado da placa de entrada, na praça, em frente ao hotel. Fotos dos turistas com a língua de fora ou fazendo v com os dedos. Fotos de turistas de óculos escuros e camisetas com os dizeres: ESTIVE EM KRUGUER E SAÍ VIVO.**

**Fotos da comemoração dos dez anos do massacre com os sobreviventes:** Ribak, Dut, o delegado de Los Primeros, um grupo de familiares das vítimas. **Fotos da comemoração dos vinte anos do massacre. Fotos de 2017**, dos trinta anos do massacre.

# 13
# Ensopado misto de inverno

Naquele 26 de junho, no restaurante Bramwell, Juan Cron cozinhava um ensopado.

Preparava-o em caldeirões de ferro fundido, postos direto no fogo. Nas panelas, fervia carne humana. Havia uma mão feminina de dedos largos e finos com anéis, um bom pedaço de coxa peluda, um seio que mal conservava a forma, o grande coração coberto com gordura de um homem de 98 quilos, dois pés. Mas a cereja do bolo era a cabeça da mulher ruiva que flutuava com a boca para cima na água borbulhante, com os olhos ainda abertos. Pertencera até pouco tempo a Magdalena Bramwell, a dona do estabelecimento (assim como o coração era de Julio Sorotsky, seu marido), e, apesar dos traumas óbvios pelos quais havia passado, conservava a expressão serena que teve durante toda a vida.

Juan assobiava enquanto trabalhava nos restos do casal. Tinha uma faca de lâmina retangular, pesada, quase um machado, que usou pra cortar de um só golpe, forte, a mão esquerda da sra. Bramwell. Separou a mão e a jogou dentro de um caldeirão. Passou o antebraço pelo rosto, que estava coberto de sangue. Assobiava uma canção infantil, que a mãe cantava quando ele era criança:

*João Paulo Pedro do mar*
*Eu me chamo assim*
*Quando eles me veem,*
*Gritam ao me ver passar*
*João Paulo Pedro do mar*
*Lá-lá-lá-lá-lá*

Trabalhara como ajudante de açougueiro em Los Primeros, antes de ser contratado como cozinheiro, e sabia como teria sido importante, nesse momento, uma boa serra circular para os ossos. Teria poupado muito trabalho. Podia ir até Sini, mas não tinha muito tempo. Precisava se adaptar às circunstâncias: um bom cozinheiro faz o que pode com o que tem, e Juan estava convencido de que o ensopado ia ficar muito bom. Escreveria na lousa, que pintava à mão com giz líquido "ENSOPADO MISTO DE INVERNO" e cobraria barato, pois queria que todos provassem. Limpou o sangue do rosto, sem abandonar a canção, acrescentou um punhado de sal na água, espetou com um grande garfo a mão direita de Magdalena, que já estava havia um bom tempo na água, tirou-a, fumegante como uma batata, deixou-a na grossa tábua de madeira que usavam para picar cebola, cortou um pedaço de carne debaixo do polegar e o levou à boca.

Mastigou com esforço: um pouco dura.

Pôs no fogo uma grande frigideira industrial, escurecida pelo uso, despejou óleo e quando estava quente adicionou dois alhos descascados, que iam impregnar o azeite com toda a sua maravilha. O alho, as folhas de louro: os perfumes que o faziam se sentir em casa. Picou duas cebolas grandes em cubinhos e acrescentou à panela. Era importante removê-las nesses primeiros segundos: disso dependeria se iam queimar ou não. Depois, acrescentou um pimentão vermelho e um verde, também em cubinhos. Tinha parado de assoviar, muito concentrado na forma que os elementos à volta reclamavam atenção. Ouviu a campainha da entrada nesse instante e apareceu pela porta vaivém. Uma família acabava de chegar ao restaurante. Tinham escolhido uma mesa que davam para o vitral.

Um momento e já venho atender, disse-lhes Juan Cron.

# 14
# Uma chamada telefônica

**Carlos Dut (ex-delegado)**

"Há dez anos, numa manhã, me ligaram. Um homem perguntou se eu era o delegado Carlos Dut. Ex-delegado, corrigi. Delegado aposentado. Ah, me desculpe, me falaram que você era o delegado responsável. Já não sou mais, mas me diga em que posso ajudá-lo. Sim, veja, disse o homem, falo do hospital psiquiátrico estadual de Los Primeros, tinha uma paciente internada aqui... ouvi alguns ruídos de papel e o cara continuou: Azucena Helm. Conheço, comentei. É uma sobrevivente. Uma o quê?, perguntou. Não importa, respondi. Diga o que aconteceu com ela. Bem, ela faleceu há dois dias. Suicidou-se. Não sei se já sabia. Não, falei. Bem, o senhor é o único contato que temos aqui. E, nesses casos, temos que perguntar se quer se responsabilizar pelo corpo; do contrário, será cremado. Não, respondi. Não quero me responsabilizar. Bem, perfeito, nesse caso o senhor teria que vir até aqui e assinar alguns documentos. Fiquei calado. Poderia ter mandado à merda o sujeito, o psiquiatra, a Azucena e todo mundo. Mas fiquei calado e o que disse na sequência foi como se outra pessoa no meu corpo estivesse falando. Está bem, amanhã passo aí, respondi. E me sentei no sofá para ver televisão, como todas as tardes, até que anoiteceu e preparei o jantar, que prefiro sempre que seja frugal, como bem diz o ditado: café de rei, almoço de príncipe, janta de mendigo. Então, jantei como um mendigo, uma sopa leve, e depois deitei e dormi sem sonhar. No dia seguinte, lembrei-me da estupidez que tinha cometido ao aceitar e me enfiar de novo num lugar que não queria estar, o lugar que tinha me levado pra onde estava agora, nessa vida morna, longe de qualquer emoção forte, como uma sopa. Mas, de qualquer modo, ali estava eu, então me vesti adequadamente, fui ao hospital psiquiátrico e falei com um gordo de abundante cabelo azul, que me fez assinar alguns formulários e me deixou esta caderneta. Eu a observei sem tocá-la. O que é?, perguntei. Estava entre os pertences da sra. Helm, respondeu. E o que você quer que eu faça?, perguntei. O homem me olhou nos olhos pela primeira vez. Era funcionário de algum sindicato importante e parecia, se posso dizer, mais sindicalista do que secretário de um hospital psiquiátrico. Tinha os olhos grandes e escuros, um pouco intimidadores pra mim, que vivia agora como se estivesse numa sopa leve de legumes e que antes havia intimidado pessoas muito piores, em circunstâncias muito piores do que essa. Faça o que te der na telha, disse-me o sindicalista secretário do hospital psiquiátrico. Peguei a caderneta e saí. Sentei aqui mesmo, nessa mesa, e comecei a ler. E assim fiquei mais ou menos uma hora.

"A Azucena era complicada. Já tínhamos recebido várias queixas de moradores, que a denunciaram por espiar o interior das casas. Parece que só fazia isso, praticamente. Era uma *voyeur*, como se diz. Os vizinhos olhavam pela janela e a viam correndo pra se esconder. Eu tinha falado com ela, tentado convencê-la a procurar um psicólogo, e ela me dizia: Claro, delegado. Imediatamente, delegado. E continuava com seus hábitos estranhos. A Azucena tinha 17 anos quando aconteceu o massacre. Vivia com a mãe, que estava prostrada na cama, numa casinha modesta. Quando li sua caderneta, entendi por que espiava os vizinhos. Qual era, digamos, seu projeto. Também entendi mais duas coisas. Ou cheguei a duas conclusões.

"Ou a Azucena estava louca (e o detalhe de que tenha sido internada num hospital psiquiátrico é bastante significativo) e tinha inventado tudo o que aconteceu, visto o que não existia, delirado e escrito pontualmente as cenas do delírio, ou estava sã, ou sã como qualquer um de nós e, nesse caso, quem estava louco era o mundo, a realidade estava louca, o ar estava louco, e o que havia ocorrido naquele dia podia se repetir a qualquer momento, e a melhor decisão que alguém podia tomar, o melhor plano futuro, era fazer um abrigo com comida e gerador de eletricidade, porque as coisas podiam sair do controle a qualquer momento.

"As coisas podem sair do controle a qualquer momento. É a única coisa que sei. O Juancito, seu vizinho, pode se descontrolar a qualquer momento e abrir a garganta da família com a faca. A Laurita, sua vizinha, pode se descontrolar a qualquer momento e tacar fogo no carro. O gelo da nossa sanidade tem a superfície fina e frágil. E se o Juancito e a Laurita perderem o controle juntos, então tudo o que conhecemos para de funcionar."

# 15
# Fragmentos da caderneta de Azucena

*"Comportamentos irregulares: caso Érika. Eu a observo parada no quintal da casa, olhando pra uma camisa pendurada no varal que o vento balança de um lado pro outro como um desses bonecos infláveis de publicidade. Parece hipnotizada, bêbada ou ambas as coisas. Está vestida com camisola branca e comprida, às dez da manhã, mesmo nesse frio. As costas encurvadas e os braços pendendo do lado do corpo. E o bebê chorando no apartamento. O bebê chorava quando cheguei ao meu ponto de observação, e continuava chorando quando saí, vinte minutos depois. O bebê chorava, a Érika olhava pra camisola. É assustador porque a conheço, é três anos mais velha que eu e foi o objeto sexual mais poderoso do imundo colégio Rivadavia, antes de engravidar do Chébere e perder a graça. Parece que ainda a vejo, agitando o cabelo liso e loiro enquanto caminhava pelos corredores com a saia curtíssima. A deusa do colégio, a mais bonita, a indiscutível princesa. Ai, diziam minhas colegas, mas é um milagre de Deus. A maternidade é uma bosta e essa garota teve a vida arruinada, eu disse. Mascávamos chiclete no segundo intervalo do período da manhã, às nove e meia. O que você está falando, monstro, disseram as outras estúpidas. Onde está o milagre? Estavam fodendo e não se protegeram. Não tem milagre nenhum, falei. O milagre está no*

fato de que os dois são lindos e vão ter um filho lindo e vai ser fofo, disseram as grandessíssimas idiotas. A vida dessa garota foi arruinada, respondi. O corpo arruinado e a vida aprisionada por essa merda de bebê. Você é horrível, disseram as grandes estúpidas. E agora a Érika está aí, olhando a camisola enquanto o bebê chora sem parar lá dentro. Que vontade de chorar aos berros."

"Comportamentos irregulares, segunda parte. Ontem, grande avanço de doença mental nestas terras. Quase 25 páginas da caderneta de anotações. Tenho material sobre minha mãe (que, prostrada na cama, não deixa de estar louca pra caralho), sobre o velho Di Paolo, que confunde as latas de patê com as de ervilha e erra no troco (sempre a favor do cliente, o que no seu caso é inadmissível). Comportamento irregular do Ganso, do Bichi Bichi e do Chébere, que espiei com binóculos há algumas semanas, reunidos no bosque, talhando longas estacas de madeira. Comportamento irregular da sra. Rosales, minha vizinha, a quem vi cravar uma faca de cozinha na terra como se tentasse matá-la na tarde de ontem. Comportamento irregular do Diego Canut, o garoto que eu gosto e, muito provavelmente, o amor da minha vida inteira, que encontrei ontem no riacho, de cócoras, com as mãos na água, e quando perguntei o que fazia, respondeu que estava tentando pegar um peixe, quando todo mundo sabe que a única coisa que nada no riacho de Kruguer são carapauzinhos, com sorte, e só no verão. Comportamento irregular do velho Keselman, se é que se pode chamar assim essa forma de subir a uma altura de sessenta metros e se jogar contra as pedras."

"Comportamentos irregulares (continuação). Hoje é 24 de junho e as coisas estão piorando muito. Estou pensando em esperar a festa passar e me mudar. Não sei pra onde, provavelmente peça asilo político pra tia Frany. Minha mãe vai gritar feito louca, claro, mas estou cagando e andando. Eu já nem quero sair de casa. Prefiro ficar trancada aqui. Esta manhã vi e anotei mais quatro casos. O primeiro é do sr. Weimar, o professor de História. Eu o vi parado no jardim da frente da casa, com uma mangueira listrada na mão esguichando água. Apontava pra um balde amarelo, que já fazia tempo que estava transbordando e enlameando todo o chão em volta. Até as pantufas do velho estavam encharcadas. Depois, passei em frente a uma casa e pela janela vi um homem sem camisa, apesar do frio, que cortava o cabelo, passava-o no rosto e deixava cair no chão. Poucos metros adiante, num carro estacionado, pude perceber a sra. Longchemps, a farmacêutica, sentada na penumbra com as mãos no volante e o cabelo preto e liso sobre o rosto. Passei em frente à praça e notei que um dos balanços estava quebrado e que o gramado não fora cortado. Estava lá, alto e coberto de gelo. A poucos metros dali, o zelador, o Kunkel, vestido com o uniforme de porteiro, agachado, com uma colher, levantava uma porção de terra arenosa da montanha, deixava cair, levantava de novo, igual a uma criança concentrada na sua brincadeira. Perto dele, havia um sapato caído de lado com uma meia dentro. Às vezes, eu mesma já não consigo fazer distinção entre a realidade e as visões que tenho. A sanidade nunca foi meu forte, mas nesse caso já está me dando medo."

# 16
# Comportamentos irregulares

**Carlos Dut**

"Meu avô tinha me ensinado a ver, mas eu estava cego demais pra deixar passar batido. E foi minha culpa. O Senfredi veio me avisar. Mas não precisava, porque eu sabia o que ia acontecer. Todo mundo sabia. Havia algo em Kruguer. Algo pairava no ar. Algo que fazia com que a mente começasse a trapacear. Eu fui alguns dias antes da festa e, enquanto estive ali, senti isso muito claramente. Vi muito claramente. Vi as árvores se moverem como se fosse alucinação. Vi as caras dos moradores que me cumprimentavam, derretidas como plástico quente. Uma vez, li um livro sobre Hiroshima, ou algo assim. A radiação espalhada no ar provocava alucinações, inclusive a vários quilômetros do epicentro. Estando em Kruguer, sofri na própria pele. Vi o fim. E não soube escutar minhas intuições, que gritavam pra mim. Por isso, não era incomum as pessoas irem embora nessa época. Soube de cinco moradores que se mudaram sem dar explicações. Os turistas ficavam uma noite e depois se retiravam, desanimados com o lugar ou por terem sonhos espantosos. Eu sabia dessas coisas e seguia com minha vida. Ia de vez em quando pra dar um passeio e podia ver isso. Via com meus próprios olhos. E não fazia nada. Era evidente, qualquer um podia ver. Os jardins descuidados. As ruas sujas com grimpas de pinheiro.

As placas desbotadas e quebradas. E as pessoas pareciam avoadas, em outro mundo. Lembro que tive de ir uma semana antes pra me encontrar com a sra. Frou, a vice-diretora do colégio San Martín, que eu conhecia porque a gente estudou juntos no secundário. Estacionei a viatura e disse: Olá, Estela, como vai? Ela caminhava pela rua com uma sacola. Olhou pra mim e demorou pra me reconhecer. Mesmo a gente se encontrando todos os anos pra reunião dos ex-companheiros. Olá, Carlos, me disse. Tudo bem, Estela?, perguntei. Sim, estou ótima, ela respondeu. Está se sentindo bem? Estou, falou, mas eu sabia que estava mentindo. Mas o que podia fazer? Não sabia o que fazer. Prestei atenção na sacola e vi que estava se mexendo. Estela, perguntei, o que você tem aí? Ela sorriu pra mim, um sorriso feio, cansado e triste, abriu a sacola e pude ver seu gato, pondo a cabeça pra fora. Estava sem uma orelha e tinha um olho estourado. Eu me perguntei se só eu estava vendo, se existia no que chamamos de realidade. Se esse gato sem uma orelha e com o olho estourado existia. De repente, tudo parecia se desvanecer, como numa projeção. Senti que minhas mãos brilhavam como se pegassem fogo. Vou levar pra cuidarem dele, disse ela. Ia levar ele pra onde?, perguntei. Ali, me falou, apontado qualquer direção. Então, me despedi dela, saí de Kruguer e não voltei até o massacre."

# 17
# Dois dias antes do massacre

A fumaça não veio primeiro.

Ninguém, quase ninguém, se lembrou de acender a chaminé nessa manhã. Dentro das casas, os moradores tinham passado a noite acordados, cada um envolvido em seus assuntos particulares. As mães se esqueceram de acordar os filhos para irem ao colégio. Ninguém preparou o café da manhã. Ninguém ligou o rádio. Houve aqueles que tentaram se barbear nessa manhã, mas a maioria acabou com o rosto todo cortado. Não houve cumprimentos nem portas se abrindo ou carros ligando. Não se ouviu o barulho da motosserra nem da serra circular da madeireira.

A mercearia de Di Paolo não foi aberta às oito: seu dono passou a noite acordado escrevendo, com uma caneta Bic preta, nas paredes da salinha onde guardava as mercadorias, uma longa carta (não sabia para quem, nem por quê) que os policiais tentariam decifrar dias depois do massacre. "Vermes que olham o mundo pelo olhar de um verme que olha para si mesmo com os olhos de verme e não consegue sair da maçã que o verme comeu", lia-se em um dos fragmentos.

A chocolataria de Frenkell (cujas últimas caixas de chocolates deixavam muito a desejar: estavam malfeitas, derretidas pelo calor excessivo e com sabor horrível) foi aberta às dez, em vez das oito, e as atendentes estavam com cabelos sujos, roupa desarrumada, caminhando entre as mesas como zumbis, dirigindo-se a um lugar e se esquecendo do que tinham ido fazer, dirigindo-se a outro e repetindo a operação.

Naquela manhã, Kunkel, o homem que se ocupava de limpar a praça, remover a neve e podar as árvores, tinha decidido, por motivos bastante intrincados, que ia fazer armadilhas para pumas em pontos específicos do povoado, perto do riacho, junto às montanhas, na subida do hotel. Parecia-lhe imprescindível uma boa armadilha para pumas, pois os animais rodeavam o povoado gerando grande perigo para todos. Ele não entendia como não tinha pensado nisso antes. As armadilhas eram poços de um metro e meio de profundidade, com estacas no fundo. Em dois deles, caíram moradores de Kruguer (um deles, um menino de 14 anos), infligindo-se ferimentos que os levariam à morte.

Rodolfo Wairon, presidente da comissão de moradores, andava nu pela casa, na frente da mulher, dos filhos e da empregada, com o pênis ereto e os olhos estatelados. Vocês têm sorte, dizia para eles. Pegava um prato na mesa e o quebrava no chão. Andava de um lado para o outro, tocando um dos dentes superiores. Têm muita sorte. Não sabem a sorte que têm. Em um momento, sua esposa estava a ponto de falar algo. Ia lhe dizer: Amor, por que está nu? Mas depois se deu conta de que era uma estupidez. Tinha mais o que fazer com suas próprias ocupações (precisava cortar o cabelo dos filhos, cortar suas unhas, a roupa, inclusive), para andar se preocupando com a ereção do marido. Então, foi buscar a tesoura.

Um dos filhos estava num canto, fazendo algo que parecia uma reza. O outro não estava em nenhum lugar da casa. A empregada pintava as paredes com os guaches dos garotos.

Têm sorte, disse Wairon, e um de seus dentes caiu com facilidade. Ele o arrancou sem sentir dor e o observou na mão por um momento, coberto de sangue, deixando-o na prateleira da sala de jantar.

A comida está se mexendo, pensou.

Piscou algumas vezes. A comida não se mexia, claro, como podia ter pensado nisso? A comida estava quieta. Era ravióli à bolonhesa, estava uma delícia, tinha sido preparada por Juan, o cozinheiro do restaurante de Bramwell, e não se mexia nem um pouco. No restaurante tocava uma música suave, funcional. As mesas estavam impecáveis, mesmo com apenas alguns turistas aqui e ali, casais mais velhos e sem filhos que conversavam com a voz contida.

Ele sentia náuseas. Esteve assim durante toda a semana. Como se algo tentasse sair da garganta. Olhou para o prato novamente, o ravióli banhado no molho. Movia-se em todas as direções, como se tivesse patinhas e quisesse sair correndo da mesa. Levantou-se de repente, fazendo um ruído desmedido com a cadeira, e foi caminhando rápido para o banheiro. Não era fácil: pesava quase 130 quilos e estava (visivelmente) doente, o que lhe dificultou caminhar e cruzar a porta. Olhou-se por um segundo no espelho: a cara imensa, gorda e suada como a de um antigo deus asiático, um enjoo sacudiu seu corpo, fazendo-o correr e se trancar em um dos compartimentos individuais. Agachou-se no piso e abraçou o vaso sanitário. O vaso estava sujo, com restos de urina e papel higiênico flutuando na água, mas ele aproximou o rosto e abriu a boca, tentando vomitar com todas as forças, fazendo um gargarejo abafado com a garganta.

Por fim, sentiu que algo subia dali. Sentiu sair dele e cair no vaso, entre o mijo e o papel higiênico molhado.

Curvou-se para ver o que era: um inseto preto, do tamanho de um besouro, mas mole, como uma lesma com patas, que nadou pela água fedorenta até a borda do vaso, tentando subir de modo infrutífero, escorregando e tentando de novo. Permaneceu olhando para aquilo, com um fio de baba pendurado na boca.

Rapidamente sentiu que os enjoos voltavam.

Esta sou eu em frente ao espelho, diz para si mesma a sra. Méndel. Já faz um tempo que estou me olhando, quanto? Por volta de meia hora. Ou uma hora e meia, não tenho ideia. O que importa o tempo? Agora, estou fora do tempo. Agora posso vê-lo completamente. Passado, presente e futuro.

Começou a rir, e no espelho seu sorriso se duplicou. Tinha descoberto que, se olhasse por tempo suficiente (que não sabia quanto), seu rosto começava a ficar estranho. Estava de pé em frente ao armário de remédios e olhava seus olhos com tanta intensidade que pensou que podia cair, nadar nela mesma, dissolver-se. Era realmente belo.

Nesse momento, tocou o telefone. A chamada devia vir de Los Primeros, para perguntar por que não ia dar aula no colégio. Tocou dez, quinze vezes, mas ela sequer escutou.

Sem perceber o que fazia, levou a mão ao cabelo (era liso, ruivo e comprido) e começou a se pentear com os dedos. No espelho, seu reflexo a imitou. O cabelo cedeu e ela ficou com um punhado na mão, deixando-o cair na pia do banheiro.

Esta sou eu em frente ao espelho, disse a si mesma. Pegou outro punhado de cabelo e o puxou: o cabelo se desprendeu da cabeça sem que sentisse dor e caiu na pia. Posso fazer uma peruca, pensou, achando graça. Posso fazer uma peruca pra essa que está aí.

Continuou seu monólogo, deixando cair punhados de cabelo.

O sr. Shultz, que morava em uma casinha afastada do povoado, na ladeira da montanha, amputou o dedo com uma faca de cozinha naquela manhã. Era o indicador da mão esquerda.

O sr. Shultz tinha a impressão de que esse dedo ganhara vida, consciência, sussurrando-lhe coisas à noite enquanto dormia. Então, o cobriu com uma venda, mas o poder do dedo era grandioso e continuava falando e dando ordens. Vamos matar todo mundo, com voz infantil, brincalhona. Vamos degolá-los e estripá-los. Vamos amarrá-los com as tripas. Chega!, dizia-lhe o sr. Shultz. O dedo se calava. Logo começava de novo: vamos abrir-lhes o peito, vamos afundar a mão no sangue, vamos pintar nossa cara, vamos pôr uma peruca.

Chega!, gritava o sr. Shultz.

Porém o dedo continuava e continuava. Então o sr. Shultz apoiou a mão em uma tábua grossa de madeira, pegou a faca e cortou o dedo fazendo pressão sobre a lâmina, com um único golpe seco. *Tac*. Vamos brincar com a cabeça deles, vamos arrancar a língua, continuava o dedo cortado. O sr. Shultz o jogou pela janela. Da ferida amputada jorrava sangue, mas o sr. Shultz não prestava atenção. Estava olhando para os outros dedos, temendo que também tivessem desenvolvido inteligência autônoma.

Pensou em flores, mas não sabia se era ele quem pensava em flores ou se as flores pensavam nele. Pensou em um buquê de flores amarelas postas na mesa de casa. Um pensamento reconfortante, mas era seu? Nunca tinha pensado em flores. Nunca lhe ocorreu pensar em flores. Pensou que seu pensamento sobre flores talvez fosse um pensamento alheio, um pensamento de sua esposa, por exemplo (que nesse momento estava agachada debaixo da mesa, de quatro, fazendo ruídos estranhos com a boca, como uma porca, enquanto cheirava o tapete), que de alguma forma tivesse subido pelos ouvidos e entrado aí, contaminando seus próprios pensamentos, que não tinham nada a ver com flores. Por que sua mulher pensava em flores? Não sabia. Não fazia ideia. Mas ficou com raiva.

Aproximou-se de onde ela estava e chutou as costelas dela.

A esposa sempre o incomodava. Não o deixava viver. Intrometia-se em todas as suas coisas. Era do grupo inimigo, que podia instalar pensamentos na cabeça. Uma sementinha que cresce sem parar até ficar como uma dessas árvores gigantescas. Um pinheiro, com longos galhos horizontais, cobertos de neve. A esposa conspirava contra ele. Roubava seu dinheiro escondida. Fazia piadas de seus problemas.

Ei, disse a ela. Desferiu-lhe outro chute com mais força. Ei, disse novamente, para de contaminar meu pensamento, filha da puta. A esposa continuou cheirando o tapete como uma porca.

Você tem que matar seu irmãozinho, disse Conejo. Tem que enfiar a tesoura no pescoço dele. Furar e furar. Daí, ele para de chorar e de cagar na calça e de roubar a atenção de todos. Então, você volta a ser, presta atenção, filho único. O único filho. Amado pelo papai e pela mamãe.

Conejo sorria dentro de seu quarto, fazendo a mímica de furar e furar. Vestia a mesma roupa de cores intensas (calça vermelha, tênis azuis, boné amarelo), mas agora parecia mais real do que no dia anterior, ou no outro. Fazia semanas que Conejo o visitava, e a cada visita parecia ter mais força. No começo tinha dúvidas, mas agora estava cada vez mais seguro. O que Conejo dizia tinha sua lógica.

Tenho que matar meu irmãozinho, sim, disse. Pra que me deem presentes, doces, figurinhas.

É assim que se fala, disse Conejo.

Como sonho, era preocupante.

Mesmo que os sonhos que tinha na sesta fossem assim, vívidos e levemente assustadores, com densidade muito maior do que os outros, os noturnos, compostos muito mais de fotografias ou cenas muito curtas, difíceis de reter quando acordava. Agora estava em um desses sonhos feios da sesta e tinha que se controlar para não gritar.

No sonho, estava na cama, na escuridão amenizada apenas por finos raios de luz que entravam pelos vãos da persiana de madeira. Nos dois lados da cama, havia pessoas agachadas. Eram a esposa e o filho e, ainda que estivessem mascarados, sabia exatamente que eram eles, pois se vestiam como eles, não havendo muita necessidade das máscaras. Andavam de quatro e bufavam pelo nariz, como porcos em busca de comida.

Clara, ele disse, e a nitidez da voz o assustou. O que fazem aí, ô? Me deixa dormir.

A mão da esposa se estendeu sobre a colcha e então ela começou a puxá-la para si.

Clara, repetiu, cada vez mais assustado, quando a colcha desapareceu da cama, deixando ao relento as pernas magras e a grande pança oval, ainda cheia de talharins e vinho do almoço. Achou que já deveria acordar. Como sonho, já era demais.

Do outro lado da cama, a mão do filho pegou um tornozelo e começou a puxar. Seu filho era um adolescente que sempre considerou meio fracote, mas que no sonho tinha a força de um gorila enlouquecido, e deixou que o levasse até a lateral da cama, caindo no chão de madeira e batendo o cotovelo; sentiu que era sacudido e arrastado, como se não tivesse vontade própria, até uma região escura e coberta por fina camada de poeira embaixo da cama, para dentro e para baixo, mais embaixo, onde a esposa e o filho se inclinaram sobre ele, fungando como cachorros, e sentiu que era o suficiente, o clímax do sonho, que acordaria um segundo depois com o cheiro do bolo que a esposa acabava de tirar do forno, e veria os dois à mesa, banhados pela luz resplandecente, e pensaria: que engraçado o sonho que acabo de ter.

Mas, por mais que se esforçasse, não conseguiu acordar.

Um turista chegou naquela manhã e se hospedou no hotel Kruguer.

Chamava-se Juan José Gorinsky, tinha 70 anos, vivia na capital e, desde que perdera a esposa, havia cinco anos, gostava de viajar. Ia para Bariloche, para a costa argentina, Brasil, Mendoza, Jujuy e Salta. Não ia a lugar nenhum com a esposa: ela estava gorda e as pernas doíam. Ele a amava loucamente, depois de cinquenta anos de matrimônio, mas seria bom se pudessem ter viajado juntos. Assim, quando ela morreu de infarto, aos 68 anos, ele a cremou e depositou as cinzas na urna que sempre levava consigo para todos os lados. Era a primeira coisa que tirava da mala ao chegar a um hotel. Bem, gordinha, dizia-lhe, chegamos. Vou testar a cama e te digo. Oh: olha que linda a vista daqui.

Quando chegou naquela manhã a Kruguer, o estado do lugar parecia lamentável. Assim que desceu do ônibus, foi tomado por uma espécie de tristeza sem forma. Kruguer não era o que haviam dito. As ruas estavam descuidadas. As pessoas, doentes. No hotel era pior ainda. Na recepção vazia encontrou o dono, Ralko Kruguer, o filho do fundador do povoado. Estava atrás do balcão, com o terno preto cheio de manchas de comida, desenhando no registro de hóspedes com caligrafia infantil. Gorinsky subiu para o quarto, tirou a urna da mala e disse: Gorda, não sei o que está acontecendo aqui, mas acho melhor ir embora. Depois se aproximou da janela, olhou para as montanhas azuis e logo se esqueceu de tudo: do descuido, do incômodo que lhe provocava, da promessa que havia feito para as cinzas da mulher.

Ao entardecer estava nu na cama, abrira a urna em que repousavam as cinzas e tirava alguns punhados com a mão, levava-os à boca e os engolia.

Jesus conversou naquela tarde com a sra. Blut. Apareceu na porta, como um homem comum, sem raios, nuvens ou harpas. Simplesmente apareceu, com a barba ruiva e bem-feita, o cabelo comprido até os ombros, e disse:

Sei o que está pensando, Marta.

Marta se pôs de pé (até aquele momento tomava chimarrão na varanda, sentada na mesa, com os olhos fixos na janela que dava para o vale e as montanhas), depois se ajoelhou e levantou os braços.

Não é necessário, disse Jesus.

Senhor meu, pai da minha alma, dai-me a paz, exclamou Marta.

Estava emocionada. Ela sempre havia insistido, diante da comissão de moradores, da necessidade de uma capela em Kruguer, com um padrezinho jovem que fosse apenas aos domingos, pelo menos, para não obrigar os fiéis a viajar até Los Primeros. Na comissão, diziam: Sim, Marta, quando for possível. E agora Jesus em pessoa aparecia. Evidentemente, ela era a escolhida. Todos aqueles anos de esforço agora davam fruto.

Não é necessário, Marta, disse Jesus. Levante-se.

Ela obedeceu.

Está pensando que todos em Kruguer são pecadores, disse Jesus. E é verdade, Marta. Uma verdade grande como uma casa. Este lugar merece ser destruído até não sobrar nada e começar de novo. Este lugar é um antro de podridão. Os habitantes de Kruguer são maus e já faz um tempo que estão pedindo pra ser castigados.

Todos?

Todos, respondeu Jesus.

Deve haver alguém que se salve.

Não, disse Jesus, negando triste com a cabeça. O que eu mais queria, Marta, era salvar alguém. Mas estão todos podres por dentro. Contaminados. Quer que eu te conte?

Adoraria, respondeu Marta.

Bem, sente-se aqui, pediu Jesus.

Sentaram-se de um lado da mesa cada. Marta tomou uma cuia de chimarrão e a ofereceu a Jesus, que respondeu negativamente com a cabeça.

O pecado reina neste povo, Martita, disse Jesus. Krauss, o dono da lotérica em Los Primeros, não repassa os números pra agência oficial. A sra. Gauss, a secretária de Keselman, é lésbica: ela se deita em segredo com a sra. Méndel. Chébere come a esposa do velho Sini sempre que pode e uma vez estuprou uma menor. O Ganso se deita com menores. Todos os meses, o sr. Rosales visita prostitutas em Los Primeros. Uma vez, o Bichi Bichi matou um cachorro a pontapés. Rodolfo Wairon se deita com travestis na capital e uma vez fez um acordo sombrio com alguns sócios pra deixar dois deficientes sem herança. Elsa Rauch escondeu da irmã o dinheiro que a mãe tinha deixado ao morrer. Flavio Jansenike tem planejado fugir com o dinheiro da família e abandonar a esposa e os filhos. Juan Cron se masturba. Ralko Kruguer assiste a orgias homossexuais. Abelardo Sini espia a mulher quando Chébere a come e se masturba enquanto assiste. As gêmeas Ravel se deitam na mesma cama à noite e fazem cócegas uma na outra até dormirem. Azucena Helm espia as pessoas. Juan Carlos Monetti matou um garoto por acidente quando era jovem e nunca confessou. Ana Fourlier...

Chega, interrompeu Martita. Não quero mais escutar, está bom. Não há ninguém que se salve, senhor. Acredito. Farei o possível pra... colaborar.

Vou precisar de toda a sua força de vontade, disse Jesus, ajeitando o cabelo atrás da orelha. Escute-me bem.

Anoiteceu e no povoado ninguém dormia. As crianças, os adultos e os idosos haviam saído para caminhar. Andavam arrastando os pés pelas ruas escuras, mal iluminadas pelas luzes elétricas, e não se reconheciam ao se cruzavam, porque estavam compenetrados em sua tranquila interioridade, sonhando. Todos tinham tarefas para fazer, algumas mais simples, outras muito complexas, e não podiam se dar ao luxo de dormir. Ninguém viu o capítulo de *A Indomada*, em que Verónica confessava ao sr. Lavedra que seu suposto irmão deficiente era, na verdade, um velho amante. Ninguém preparou o jantar. Ninguém levou as crianças para a cama nem contou historinhas para elas dormirem.

O amanhecer encontrou todos assim: tremendo no meio do bosque, nas ruas, nas montanhas, enquanto realizavam suas importantes tarefas.

# 18
# O massacre

Às oito da manhã daquele 26 de junho, o encarregado de som para a festa subiu o caminho que levava a Kruguer com os equipamentos na caçamba da caminhonete.

Escutava o rádio com o vidro aberto, apesar do frio, com um Parliament pendurado nos lábios. Pensava na namorada, no que ia fazer com ela à noite. Pensava que a festa era um saco, mas iam pagar bem e com o dinheiro poderia levar a namorada para comer por aí. Ela o criticava por ser tão infantil e por ainda viver com os pais. Mas essa noite iria buscá-la com um bom maço de dinheiro. Essa noite a surpreenderia.

À medida que se aproximava da ladeira e da placa de entrada do povoado, o mundo à sua volta se tornou branco. Havia nevado sem parar durante toda a noite e agora tudo estava coberto de neve: dos tetos das casas à copa dos pinheiros, das laterais da montanha ao chão, chegando a quase meio metro de altura. O encarregado de som não tinha medo da neve: fazia isso na mesma data há quatro anos e vivia na região. Conhecia os macetes e segredos da neve.

Antes de chegar à ladeira, acelerou um pouco e subiu em segunda marcha. A caminhonete se inclinou para trás, pulou, as rodas traseiras só patinaram na neve suja da pista até que finalmente conseguiram subir. Agora, já estava do outro lado. Avançou alguns metros e reduziu a velocidade para entrar na rua principal.

Algo estava acontecendo. Soube assim que entrou no povoado.

Não havia bandeirolas coloridas penduradas cruzando a rua. Não havia barracas de madeira nas laterais, vendendo artesanatos ou comida. Faltavam os beirais, em que um morador mais velho costumava assar os cordeiros na brasa. Os jardins das casas estavam descuidados. Algumas delas tinham as janelas abertas. Havia até mesmo um carro atravessado no meio da rua com as portas abertas.

E as pessoas. Enquanto percorria o caminho em direção à praça principal, viu algumas coisas inquietantes. Um grupo de crianças brincando no bosque, que saíram correndo para se esconder quando ouviram o barulho da caminhonete. Uma mulher quase sem cabelos, falando sozinha no meio da rua. Um homem sentado no teto de casa.

O encarregado de som havia escutado que "algo estava acontecendo em Kruguer" sem prestar muita atenção. Para ele, trabalho era trabalho, dinheiro era dinheiro. Esse trabalho era dinheiro, e com esse dinheiro planejava levar a namorada para comer à noite em algum lugar, não muito caro, e acabar dando uns amassos nessa mesma caminhonete, devidamente estacionada no mirante. Nem se importava se Kruguer estava estranha. As pessoas eram estranhas. E, as que não fossem, eram fofoqueiras e exageradas. Mas ali acontecia algo. Isso era fato.

Estacionou a caminhonete na praça, perto do palco, que haviam montado dois dias atrás e agora estava coberto de neve. Ao descer, ouviu o silêncio. Era um silêncio estranho, também. Parecia abarcar não apenas as montanhas, mas o interior das casas. Até mesmo o interior da mente das pessoas que andavam por ali. Dinheiro, dinheiro, pensou. Sair com minha namorada para comer em algum lugar.

Wairon se aproximou nesse momento. Saiu do bosque, penteando o cabelo molhado com as mãos. Parecia o de sempre, mas uma série de tiques distorciam o tempo todo os traços de seu rosto. Um puxava a parte direita dos lábios para o lado. Outro o fazia piscar. Outro, levantar o queixo como se engolisse algo. O encarregado de som não conseguia escutá-lo, mas viu seus lábios se mexendo e soube que estava falando sozinho.

Nesse momento, sentiu vontade de ir embora, mas não foi. Ficou para apertar a mão incrivelmente fria e úmida, como um molusco, de Wairon. Quando ele sorriu, percebeu que faltavam vários dentes.

Tenho que sair já, pensou. Tenho que sair daqui agora.

Não disse nada. Não saiu.

Descarregou as caixas de som da caminhonete, instalou-as nos suportes, montou a mesa e colocou o toca-discos em cima, dispôs o pedestal no palco e encaixou o microfone na ponta. Por último, conectou os cabos que iam da mesa de som às caixas e aos microfones e testou o som com uma canção de Enya. Os coros e os teclados soaram majestosos entre as montanhas, como se fossem uma emanação da paisagem. O encarregado de som acendeu outro Parliament, reclinou-se na cadeira e se pôs a escutar.

O meteorito, que até então estava apagado havia mais de quatrocentos anos, voltou a se acender nesse momento. A neve que o cobria derreteu e caiu aos jorros pelo chão. Um pássaro, que sobrevoava o meteorito, deu algumas voltas no ar e logo desabou no chão.

Às duas da tarde havia umas cinquenta pessoas na praça, de pé, em frente ao palco. Um homem sem camisa, com peruca loira, de sutiã sobre o peito peludo. Duas crianças com sangue no queixo e na roupa. Érika Sully levava o bebê morto pela perna, arrastando-o pelo chão.

Nada disso parecia estranho para o encarregado de som. Estava muito ocupado pensando em outras coisas. Imagens estranhíssimas desfilavam diante de seus olhos. Como fagulhas no ar, brilhos que apareciam aqui e ali, marcando o ritmo da música. Era a música. Estava vendo a música. Estava cagando para o que as pessoas faziam ou deixavam de fazer.

Então, Wairon subiu ao palco. Olhou para quem estava ali. Olhou para eles como estariam em alguns instantes: esquartejados, decapitados, com as tripas de fora, com moscas no rosto, com a cara enfiada na neve, com a cabeça rachada por pedras, com ossos quebrados, com a língua arrancada, com os olhos perfurados por galhos, com uma corda em volta do pescoço e os pés a vinte centímetros do chão, os olhos esbugalhados e a língua roxa.

Bem-vindos a..., disse.

Começaram os gritos.

Uma hora depois, tudo estava acabado.

A música de Enya ainda tocava no silêncio quase absoluto de Kruguer.

Aqui e ali, ouviam-se alguns gemidos, uma ou outra respiração acelerada, mas era tudo. O encarregado de som se levantou da cadeira, atrás da mesa de som, e começou a caminhar. Passou por cima de uma mão cortada e, mais adiante, da cabeça coberta de cabelo de uma mulher. Esquivou-se das cadeiras de plástico jogadas no chão, que haviam sido dispostas para que os mais velhos pudessem se sentar durante a apresentação das danças típicas. A alguns metros, havia um homem que se arrastava pela neve, com algo cravado nas costas, deixando um rastro de sangue atrás dele. O encarregado de som pisou em sua cabeça, enterrando-a na neve, e o homem se debateu um pouco até ficar quieto.

Continuou caminhando. Tinha que andar com cuidado para não tropeçar: o chão estava cheio de coisas moles. Saiu da praça e pegou a rua principal, coberta de neve. Passou em frente à chocolataria Frenkell e precisamente nesse momento a vidraça da entrada estourou e uma mesa aterrissou a seus pés. César Frenkell, do outro lado, sem camisa, gritou algo que o encarregado de som não entendeu e depois continuou lançando coisas para fora. Havia um carro tombado de lado na sarjeta e alguns corpos indistinguíveis dentro. Viu um homem cortando uma mulher em pedaços com a motosserra. A mulher estava no chão, e o homem cortou sua perna, banhando-se de sangue, deixou-a de lado e seguiu para a outra. Mais à frente, um grupo de crianças enfiava facas de cozinha em um velho no chão. Em uma casa, com portas e janelas abertas, havia alguém carbonizado, rodeado pelas chamas do incêndio incipiente. O encarregado de som ia seguindo as cintilações da música como vaga-lumes em uma noite de verão, e assim adentrou no bosque e desapareceu em seu interior.

# 19
# Sinfonia em si menor

Um grupo de pássaros sai voando dos pinheiros. Uma marreta se afunda em um crânio. Um canário ensandecido se choca contra as grades da gaiola. Um jato de sangue esguicha na neve. Cadeiras plásticas voam. Um carro azul despenca da ribanceira e roda pela encosta que leva ao riacho. Um cavalo relincha e golpeia os cascos contra a terra. Um velho se aproxima do cavalo e dá um tiro na cabeça do animal. O microfone que estava no palco cai de lado. Um cachorro morde a mão de uma mulher. Um homem enforca outro com arame. A serra circular da madeireira começa a girar. Um grupo de crianças canta uma canção. Um menino recebe uma marretada na cabeça. Ouve-se um disparo. De dentro de uma casa, saem gritos. Um homem e um garoto, nus da cintura para cima, com facas de lâmina curta cobertas de sangue, atravessam a rua. Um homem se arrasta entre os pinheiros. Uma mulher arranca os próprios olhos com as unhas. Um homem se mija todo. Uma mulher se banha de querosene e põe fogo em si mesma. Uma família se joga da montanha. A lâmina de um machado se incrusta em uma panturrilha feminina. Intestinos caem na neve. Crianças dançam no palco em ruínas. O fogo consome uma casa lentamente. Uma mulher bate a cabeça contra um poste até destroçá-la. Alguém implora para que acabem com a dor. Unhas se separam dos dedos. Dentes, das gengivas. Línguas, das bocas. Um homem se arrasta na neve, de barriga para baixo, deixando um rastro de sangue na passagem. Uma faca de cozinha atravessa um rosto. Três dedos separados da mão saltam na neve. Um pé separado da perna salta na neve. Uma cabeça cortada rola na neve. Um cachorro late insistente. Três torsos adultos, sem braços, nem pernas, nem cabeça, assam na brasa. Voam pedras. Voam chispas do incêndio. Em uma casa ao norte, perto da serraria e do riacho, uma porta é aberta e um homem de pijama e pantufas sai correndo. Falta-lhe a mão esquerda. Numa das casas próximas ao hotel, Bemberg ataca a esposa com o machado. Um homem corre pela neve segurando as tripas. Uma porta se fecha nas mãos de uma menina. Um homem tira a pele do rosto da esposa com faca e põe em cima do seu, como uma máscara. Duas crianças ateiam fogo no bosque. A casa da família Frou está em chamas. A chocolataria está em chamas. Também estão em chamas os pinheiros que circundam as casas. Uma fila de formigas entra na boca de alguém que jaz no chão. Duas moscas volteiam no ar sem direção. Dois homens estupram uma idosa. Fernando (6 anos) pula na garganta da mãe enquanto ela assiste à televisão. A mulher leva as mãos ao pescoço e o sangue da artéria escorre entre seus dedos em forma de jatos potentes, ao ritmo da frequência cardíaca. Depois de alguns segundos, desaba em frente à tela, em que Leonardo Simons faz a propaganda de uma marca bem conhecida de cobertores e edredons. Permanece ali, tremendo, respirando pela garganta destroçada. Nesse interim, Fernando passa por cima dela, dirige-se ao televisor, muda de canal (no 12 passam desenhos animados), vai até a cozinha e prepara um achocolatado, e passa pela terceira vez por cima da mãe e senta-se em frente ao televisor para assistir aos desenhos tomando a bebida. Uma mão treme na neve. Dentes tiritam. Um homem se esconde debaixo da mesa. Chébere e o Ganso cavam um poço na entrada da ladeira. Utilizam picareta e pá funda. Depois se lançam à tarefa de construir algo. Quando terminam, Chébere se joga da montanha e o Ganso observa seu corpo quicando nas pedras até cair no riacho, uns trinta metros abaixo. No alto da montanha, o meteorito se apaga. Agora, parece uma pedra qualquer. Lá embaixo, alguém desperta do sonho. Tira dois cadáveres de cima e olha em volta. O que foi que fizemos?, pergunta-se. Olha para as próprias mãos cobertas de sangue. O que foi que eu fiz?

# 20
# Animais noturnos

Kruguer se consumia no fogo.

De certo modo, era bonito de se ver. Tudo o que havia sido, todas as vidas que tinham passado por ali, todas as lembranças, todos os nascimentos e mortes, todos os rancores e ciúmes, todas as pequenas vinganças e misérias cotidianas, todos os segredos, todos os sapatos e todas as botas, todos os televisores que até o dia anterior transmitiam o capítulo 72 de *A Indomada*, intitulado "Quase um casamento", todas as fotos em gavetas e porta-retratos, dispostos nas paredes de madeira das casas ou nas prateleiras, todos os corpos assassinados horas antes, todos os carros e motos e bicicletas e triciclos, todos os móveis de madeira, todas as árvores, todos os livros. As casas queimavam em silêncio, com suave crepitação de madeira estilhaçada, e as únicas testemunhas eram os animais noturnos que haviam sido despertados pelo barulho e observavam tudo à distância com suas grandes pupilas.

# 21
# A parede

Na madrugada de 27 de junho, um morador anônimo de Los Primeros telefonou aos bombeiros para informar que avistou, do outro lado das montanhas, o clarão do fogo e a fumaça de um incêndio florestal. Pouco depois, o caminhão do corpo de bombeiros se dirigiu, sem soar a sirene, até a localidade de Kruguer.

Não foi simples andar por aqueles caminhos sinuosos de montanha onde havia caído neve no dia anterior: o caminhão se moveu devagar, em primeira, com o motor gemendo pelo esforço. Dentro dele, os bombeiros estavam calados, nos trajes ignífugos, balançando-se pelo movimento.

Quem dirigia era um homem de uns 50 anos, com grande cicatriz de queimadura no lado esquerdo do rosto. A seu lado estava Mário Ribak, o chefe da corporação e, com quase 60 anos, o bombeiro mais velho. Na parte traseira, estreita e longa, estavam dois rapazes de 20 anos que todos chamavam "novatos", meio adormecidos porque estavam tomando cerveja e jogando sinuca quando foram chamados.

Havia parado de nevar e a noite estava clara: a lua se refletia na neve que cobria tudo, inclusive a copa dos pinheiros. O caminhão contornou o vale pela subida da montanha. Em um trecho, era possível ver o riacho mais abaixo, como uma cicatriz prateada ziguezagueante. Quando subiam a ladeira que desembocava na entrada, o condutor freou de repente. Os novatos sentados atrás por pouco não vieram abaixo.

Que merda é essa?, disse o condutor.

Ribak se inclinou para ver melhor. Havia algo no caminho. Algo grande.

Uma parede?, perguntou.

(Assim que a chamaram: a parede. Alguém havia se dado ao trabalho de levantar um muro de quarenta centímetros de espessura e quase dois metros de altura, com troncos, pedras e cimento, no meio do único caminho que conectava Kruguer a Los Primeros).

Parecia irreal, parte de um sonho. Ribak desceu do caminhão, caminhou alguns passos na neve e apoiou a mão em cima da construção. Era sólida.

Do outro lado, a localidade de Kruguer estava sendo devorada pelo fogo.

# 22
# Estão esperando que você apague a luz pra sair

Às oito da noite de 26 de junho, enquanto Kruguer perecia no fogo, em seu apartamento em Los Primeros, localizado na rua San Martín, 300, Carlos Dut, o delegado da localidade durante aqueles anos, sentou-se para ver *A Indomada.*

De pantufas e pijama, viu o capítulo enquanto comia cereais na tigela, e ao final foi se deitar. Leu algumas páginas de um livro chamado *Cartas da Wehrmacht*, de Marie Moutier; às onze em ponto apagou a luz, virou-se para a direita e dormiu.

Sonhou com Sebastián, o filho de Pancho Lavedra, um personagem da novela. Estava na cama e Verónica, a protagonista, contava uma historinha para ele. Era sobre um coelho que não podia dormir, e Verónica a contava com sua voz cálida, suave, maternal. Ao terminar, dava-lhe um beijo na testa e dizia que era hora de apagar a luz. Então, Sebastián pedia por favor para que ela não saísse. Dizia: Estão esperando você apagar a luz pra saírem.

Quem, meu amor?, perguntava Verónica.

Sebastián levantava os cobertores para mostrar a ela. No fundo da cama, no escuro, atrás dos pés, havia um monte de rostos. Rostos de pessoas mortas que, no entanto, falavam e gesticulavam como se estivessem no meio de um surto psicótico ou uma peça de teatro vanguardista.

A campainha do telefone o despertou. Conferiu a hora: eram seis e meia da manhã.

Levantou-se e foi até a sala, onde o telefone continuava tocando. Passou a mão no rosto e atendeu.

Sim, disse.

Chefe, era um dos bombeiros, desculpe o incômodo. Aconteceu algo aqui.

Dut continuou escutando.

Em meia hora eu chego, respondeu, e desligou.

# 23
# Tudo em chamas

Na madrugada daquele 27 de junho, os bombeiros que viajavam na parte traseira do caminhão desceram do veículo e se aproximaram da parede.

Os faróis a iluminavam: pedaços de tijolo, pedras, troncos, cimento, assentados com descuido infantil, ainda que sólido o suficiente para impedir a passagem. A única coisa que se podia ouvir era o ruído do motor do veículo ligado, e, quando o condutor o desligou, sentiram o silêncio baixar sobre eles como algo material.

Era impossível passar. À direita, a parede dava para a montanha; à esquerda, para o abismo. (E ao final do abismo, a 150 metros, mesmo que ainda não soubessem, estava um carro destroçado e com o para-brisas quebrado, em cujo interior Walter Skarton, um dos sobreviventes, sangrava). Um dos novatos tirou do caminhão a leve escada de alumínio, apoiou-a contra a parede e subiu os degraus até alcançar o outro lado.

O que está vendo?, perguntaram-lhe.

Uh, está tudo em chamas, disse o rapaz.

Decidiram que os novatos seriam encarregados de ir na frente, entrar em Kruguer, avaliar os danos e voltar. Os demais se ocupariam em quebrar a parede com uma marreta e um machado grande. Pela dimensão da fumaça, pelo clarão do fogo, inclusive pelo calor que emitia, perceptível a essa distância, não era difícil intuir que se tratava de um incêndio de grandes proporções. Desses que ameaçavam se descontrolar, obrigando-os a chamar os colegas da capital para que ajudassem.

Não era a primeira vez. No verão de 72, quinze quilômetros a oeste de Kruguer, havia se alastrado um incêndio gigante e os bombeiros locais não conseguiram contê-lo. Tiveram de recorrer aos colegas da capital e, até mesmo, contratar uma aeronave para que jogasse água, e demorou anos para que a vegetação dessa área se recuperasse. Agora, tudo indicava que estavam diante de algo parecido.

Quando chegaram ao outro lado, tomaram a via principal de Kruguer, coberta por uma camada de trinta centímetros de neve e circundada por pinheiros altíssimos, alguns já em chamas. Caminharam lentamente, sem falar, erguendo bem as botas para que não afundassem na neve. Eles se conheciam desde o primário, e na noite anterior ficaram jogando sinuca no bar Keops, em Los Primeros, até tarde da noite. Jogavam concentrados e conversavam sobre mulheres, ou de uma mulher em particular. Não sabiam que naquela madrugada teriam muito trabalho.

Ainda era noite fechada, mas a lua refletida na neve preenchia o ar com luz acinzentada que parecia tingir tudo, o que dava a impressão de caminharem em um filme em preto e branco. No final da ladeira, lá atrás, já podiam ver o incêndio em todo o seu esplendor.

Como tudo isso pegou fogo com tanta neve?, perguntou Andrés.

Quê?

Eu disse: como tudo isso pegou fogo com...

Sim, eu escutei. Não tenho ideia, sei lá.

Havia outra pergunta que não se fizeram, mas pensaram, cada um de sua parte, e que podia ser formulada simplesmente assim: cadê todo mundo? Onde estavam os moradores de Kruguer? Por que não se via nenhuma movimentação no lugar, nenhum dos moradores tentando apagar as chamas? Fizeram-se essa pergunta, mas não a disseram em voz alta. Sentiam medo.

Continuavam subindo. Pegaram a subida que entrava na localidade, viraram à direita e passaram em frente à placa de entrada (BEM-VINDOS A KRUGUER, gravado em madeira muitos anos atrás pelo velho Sini, agora parecendo manchada com algo pegajoso e escuro que escorria por uma das pontas e que, descobririam horas depois, eram intestinos humanos) e, ao alcançarem o topo da ladeira, tiveram uma visão geral.

O calor ondulava o ar, iluminado pelo clarão do fogo, em que dançavam, ligeiras, as cinzas do incêndio. Os pinheiros que o velho Kruguer, o fundador, havia plantado sessenta anos atrás ardiam uniformemente, como tochas, zunindo e crepitando no ar quente. Nas laterais, a maioria das casas e das construções também tinha sido alcançada pelo fogo. O hotel Kruguer, na subida da colina, perdera parte da estrutura, espalhada sobre os pinheiros. Enquanto olhavam, os vidros de uma casa explodiram e várias línguas de fogo cresceram ao seu redor, no ar, antes de se extinguir.

Não era preciso ser um bombeiro profissional para perceber de que o incêndio era intencional. Nada se queima assim por casualidade. Caminharam mais alguns metros por inércia. O brilho do fogo, que já era intenso, atingia-os diretamente no rosto, colorindo-os de laranja. A claridade era tamanha que podiam ler ali.

Tiraram os capacetes. Seus cabelos transpiravam e grudavam na cabeça.

O que aconteceu aqui?, perguntou um dos novatos.

E por um longo intervalo não foram capazes de dizer mais nada.

# 24
# A maldição de Kruguer

**Nicolás Ortiz**
**(funcionário da imobiliária)**

"A gente chama de a maldição de Kruguer. Soa um pouco fantástico ou delirante, né? Mas é cem por cento real, cara. A maldição de Kruguer. Acho que foi meu velho que deu esse nome. De zoeira, óbvio. A imobiliária é do velho, né? E ele vendia na região toda. Ia pra Kruguer direto.

"O problema é que depois do massacre, falo de bem depois, 88, até 89, meu velho decide entrar em contato com as poucas famílias que tinham ficado lá e tentar *mexer*, como ele dizia, nos terrenos de Kruguer. Porque eram quase quarenta casas, algumas bem bonitas, bem grandes, e estavam ali, *paradas*. E a essa altura, aquela desgraça já era passado. Vou te falar como são as coisas: as pessoas tinham esquecido. Acontece muita coisa, até num lugar perdido no cu do mundo que nem esse, e as pessoas pararam de pensar nisso. E meu velho: Tem que mexer naquelas casas, Nico. Que casas, pai? As de Kruguer. Estão lá, paradas. Daí, não sei como, ele conseguiu o telefone dos parentes, não de todos, mas de alguns que ainda estavam vivos, e propôs que eles vendessem. Os parentes aceitaram, claro, o que é melhor do que se livrar dessas lembranças e ainda por cima ganhar uma graninha?

"Bem, com o aval dos parentes, meu velho foi lá com as placas e começou a colocar placa nas árvores, na frente de cinco ou seis casas. VENDE-SE/ALUGA-SE IMOBILIÁRIA ORTIZ. As placas ainda devem estar lá. Faz quase trinta anos que ele colocou. Chegou a ter uns interessados. Alguns foram ver, deram uma volta, negociaram o preço. Daí meu velho alugou a casa que era da sra. Longchemps, que tinha uma farmácia aqui perto. Alugou pra um casalzinho jovem. Gente boa, trabalhavam aqui em Los Primeros. Acho que ela era funcionária do Banco da Província.

"Quando deu uns três, quatro meses, rescindiram o contrato. Olha que foi uma mudança cara, levar as coisas até lá, e tinha multa, mas mesmo assim não aguentaram.

"O que aconteceu?, meu velho perguntou.

"O casal não quis explicar.

"Meu velho tentou acalmar eles. É só um período, disse. Tenham um pouco de paciência. Mas o casalzinho não quis saber. E rolou um boato de que essa região era assombrada. Daí foi impossível.

"Vixe, como meu velho tentou. Porque quando ele mete uma coisa na cabeça não tem quem tire. Nada. Os interessados iam, olhavam o terreno e depois falavam: não sei, não gosto. Era um negócio que dava neles quando chegavam lá. As pessoas sentem. Eu não sou uma pessoa muito profunda, digamos, mas também sinto alguma coisa. Sei lá, a sensação de ser observado.

"Daí que a gente não podia fazer nada. E acho que ainda não podemos. Eu, pelo menos, já me conformei."

# 25
# Lembranças embaçadas

**Gabriela Velessi (chefe da enfermaria do hospital San Justo em Los Primeros)**

"A gente lê coisas. Coisas sobre as enfermeiras nos tempos de guerra, por exemplo. Sobre como nasceu nossa profissão. A gente lê coisas porque quer ensinar. Porque sou responsável pelas jovens e quero mostrar pra elas o significado dessa profissão, nem mais nem menos. O nível de dor que era preciso lidar em outras épocas, quando não se podia contar com analgésicos e era necessário amputar uma perna mesmo assim. Você fala pras meninas de Florence Nightingale, por exemplo, a primeira enfermeira, que prestou assistência aos feridos na Guerra da Crimeia. Você imagina o que deve ter sido cuidar de feridos numa guerra como essa? Não quero nem imaginar.

"A gente diz: Isso nunca vai acontecer aqui. São coisas de guerra. Aqui não vai ter mais guerra, nunca. Daí acontece algo como o massacre e você sabe mais ou menos o que pode ser uma guerra. Foram dois dias em que minha sensação era que a gente tinha regredido e estava, não sei, nas margens de uma grande batalha. Porque foi assim.

"Um homem foi escalpelado. Arrancaram daqui até aqui, e tempos depois encontraram o couro cabeludo em outro homem, como uma máscara. Uma mulher teve os olhos destroçados por galhos. Havia uma menina queimada. Não parecia um ser humano. Tinham queimado os olhos e o nariz. Chegou aqui desmaiada e a gente teve que induzir o coma. Ninguém entendia como estava viva ainda. O Dut veio e me perguntou se podia falar com ela. Respondi que não tinha mais como: ela não tinha língua. Tinha um menino com um machado cravado no ombro, que morreu pouco tempo depois de infecção. Tinha uma mulher com o externo todo arrebentado pela roda de um carro. Tinha um homem com a metade do crânio destroçado. A gente também não sabia como ele podia estar vivo. O Dut veio me perguntar se podia falar com ele. Falei pra ele tentar, só de brincadeira. Não sei qual parte do cérebro tinha sido afetada pelos golpes, feitos com a parte sem fio do machado, conforme a gente soube depois, mas o sujeito não podia pronunciar uma palavra sequer e ficava o tempo todo na cama com o pinto duro. A gente chamava ele de Armado. O Dut foi vê-lo e o encontrou assim, sentado, com o lençol parecendo uma barraca armada por causa da ereção que tinha naquele momento. Quis falar com ele de todo jeito, mas o Armado só respondia com suspiros ofegantes, como se estivesse no meio do coito e, num momento, o lençol escorregou e a ereção ficou visível. Daí, então, o Dut desistiu.

"Não houve muitos sobreviventes. A menina queimada não sobreviveu. O Armado não sobreviveu. A mulher que teve o filho de cinco meses arrancado do ventre não sobreviveu. Os casos mais graves foram mandados pra capital, na ambulância, mas muitos morreram no caminho. Esse primeiro dia ficou meio embaçado pra mim. As ambulâncias começaram a trazer gente, gente, gente. Em questão de horas, todas as camas foram ocupadas e uma clínica privada daqui recebeu os outros. Teve uns que ficaram vivos uma semana. Um se matou depois de subir no terraço e se jogar, de noite. Um escapou pela porta da frente e nunca mais vimos. Uma senhora de 60 anos, professora aqui em Los Primeros, também se matou tempos depois, enforcando-se com um cinto.

"Minhas lembranças são embaçadas, como te disse, porque nunca na minha vida tinha visto algo parecido. Aqui temos um, dois acidentes por semana, se muito. Agora que todo mundo tem moto, acontece um pouco mais. Uma vez chegou um homem com ferimento de arma branca no abdômen. Mas era só isso. E logo o hospital se encheu de sangue fresco, de gente correndo, de gritos. Acho que na verdade quero ter lembranças embaçadas. Acho que, nesse caso, é algo que eu peço pra minha memória."

# 26
# Os sobreviventes

## Elsa Rauch

Sobreviveu por acaso, pois seu corpo permaneceu escondido debaixo de uma montanha de cadáveres, depois de quase ter sido degolada na praça principal de Kruguer às duas e quinze da tarde do dia 26 de junho. Na época, Elsa tinha 58 anos e vivia em Kruguer fazia quase vinte. Tinha se divorciado. Frequentava uma vez por mês ou a cada quinze dias os bailes especiais para a terceira idade no salão do clube Ordem & Progresso. Sua irmã gêmea, cabeleireira profissional, vivia em Los Primeros, e se viam duas vezes por mês.

De acordo com seu testemunho, Elsa havia conversado com ela, nas semanas que antecederam ao massacre, sobre a possibilidade, sempre remota, de se mudar para Los Primeros. Indagada do motivo, Elsa encolheu os ombros e mencionou algo sobre o frio. Sua irmã atribuiu a razão a problemas próprios da idade, que tornam a vida difícil em um lugar tão agreste, porém, retrospectivamente, lembrou-se de que em várias ocasiões Elsa comentara o quanto Kruguer estava mudada nesses dias e como as pessoas estavam estranhas. Ela mesma parecia "estar em outro lugar".

Nos falamos por telefone dois dias antes, diz sua irmã. Foi quando ela me disse que estava pensando em ir num psicólogo. Perguntei-lhe o porquê e me contou que ouvia vozes. Vozes? Sim, vozes que falavam dos moradores, vozes infantis. Como se algumas crianças estivessem enfiando ideias estranhas na sua cabeça. Fiquei preocupada e perguntei a uma cliente se ela conhecia algum profissional, sem dizer pra quem era. Ela me passou uma lista com três, então telefonei pra minha irmã nessa mesma noite, um pouco mais tarde. Mas a Elsa parecia não se lembrar da conversa da tarde. Falei pra ela que mesmo assim podia ir a um psicólogo. Ela me respondeu que não precisava, que não tinha nada, e desligou.

Na madrugada do dia 27, os bombeiros que encontraram ela liberaram suas vias respiratórias e pediram maca e colar cervical para quem estava no caminhão. Rauch tinha um corte na garganta e havia perdido muito sangue, provavelmente provocado por machado ou pela ponta de pá, mas ainda respirava. Enquanto esperavam pelos curativos, um dos bombeiros pressionou a ferida com a palma da mão e o sangue escorreu entre seus dedos. Às nove da manhã, hora aproximada, ingressou no hospital Santa Trinidad em Los Primeros, onde suturaram a ferida e a submeteram a transfusões de sangue, compatível com o seu: $O^+$. Embora houvesse uma pequena chance, o médico não tinha muita esperança. Ele a enxergava translúcida, como se os bombeiros tivessem trazido não uma pessoa, mas um fantasma vindo do inferno de Kruguer. Assim o médico falou à sua irmã. O mais provável é que a Elsa não sobreviva, disse ainda.

Elsa sobreviveu.

No décimo quinto dia, saiu da terapia intensiva, despertando durante a semana; tentou falar, mas só saía um gemido de foca ou de cachorro espancado.

De todo modo, não parecia querer falar. Ou pelo menos falar algo importante. Com gestos, solicitava cigarros para a irmã e para a enfermeira, e ambas negavam. Fora isso, não tentava se comunicar.

Carlos Dut foi visitar Elsa para interrogar sobre o ocorrido. Por gestos, ela lhe pediu um cigarro.

Não tenho, disse Dut.

Elsa desviou o olhar para a janela.

Dut voltou em meia hora. Na dúvida, tinha trazido cigarros de várias marcas. Ela abriu o maço de L&M, desesperada, pôs um na boca e pediu fogo. Dut, que dispunha de fogo, acendeu. Ela o tragou profundamente. Estava com o pescoço imobilizado e Dut, por um instante, teve medo de que a fumaça saísse por ali, pela abertura do pescoço, mas não foi assim.

Preciso que escreva o que aconteceu, disse Dut.

Ela negou com a cabeça. Nesse momento, entrou a enfermeira. Aproximou-se de Elsa, tirou o cigarro da boca dela, foi até o banheiro e o jogou no vaso.

Você deu cigarro pra ela?, perguntou a Dut.

Dut assentiu.

Vou pedir que se retire, disse a enfermeira.

Dut consentiu, cabisbaixo.

Voltou para ver Elsa uma semana depois. Ela havia recebido alta e estava com a irmã em um apartamento na rua Garay, no centro de Los Primeros. Ambas fumavam em excesso e tinham três gatos, fazendo com que o apartamento tivesse forte cheiro de cigarro impregnado nas paredes e cheio de pelo de gato. Ambas se vestiam como se fossem cabeleireiras de um planeta abandonado e solitário: calças brilhantes, permanentes incólumes, batons furiosos, unhas compridas pintadas de vermelho e amarelo, respectivamente. Embora fossem idênticas, era óbvio, vendo Elsa, que ela havia envelhecido dez anos desde o ocorrido.

Dut se sentou no sofá coberto de pelos de gato. Tirou a caderneta espiralada do bolso e passou para ela. Então disse:

Gostaria que escrevesse quem fez essa ferida no seu pescoço.

O Bichi Bichi, escreveu Elsa. Ele tinha uma pá.

Dut anotou na caderneta. Conhecia o Bichi Bichi, já detivera ele algumas vezes por distúrbios em danceterias da região.

Alguém dava ordens?

Elsa negou com a cabeça. Escreveu algo, com o cigarro na boca e um olho fechado para não entrar fumaça, e lhe entregou.

Todos matavam, dizia.

A que horas começou?, perguntou Dut.

Por volta das duas, escreveu Elsa.

Onde você estava nesse momento?

Elsa escreveu por um tempo. Dut cruzou as pernas. Depois, cruzou de novo no sentido inverso.

A festa ia começar, escreveu Elsa. Eu estava entre as pessoas, esperando. O Wairon subiu. Disse algo que não pude escutar bem. Eu ia matar também. Tinha uma lixa de unhas preparada no bolso. Não sabia quem, qualquer um. Estava louca naqueles dias. Acho que todos estávamos loucos. Ouviram-se gritos. Uma mulher que estava ao meu lado tinha um galho cravado no olho. Senti uma espécie de calor na garganta e fiquei sem ar. Não podia respirar. Alguém tropeçou em mim. Caímos na neve. Então, perdi a consciência.

Tem ideia de como aconteceu?

Elsa negou com a cabeça.

Dut bateu na caderneta com a caneta, pensando na próxima pergunta.

Havia alguém que não conhecia? Alguém de fora?

Elsa pensou, também, durante um momento. Depois fez que não com a cabeça. Em seguida, escreveu: Os típicos turistas.

Não sabia mais que isso, e Dut agradeceu e foi embora.

Elsa sobreviveu por mais dez anos, com as cordas vocais cortadas.

No começo, tinha pesadelos. Levantava-se gritando e a irmã saía correndo para ver o que estava acontecendo. Então, a levava para sua cama e dormiam juntas, como quando eram crianças e se cobriam até a cabeça por horas, uma agarrada na outra. Nunca voltou a Kruguer. Um médico, amigo da irmã, receitou-lhe comprimidos para dormir, que surtiram efeito, e ela continuou tomando-os pelo resto da vida.

No entanto, uma vez atacou a irmã com a faca. Não houve ferimentos graves e a relação entre elas não se deteriorou.

## Interrogatório de Ika Gutiérrez (9 anos)

Perdeu seus pais no massacre. Depois dos fatos narrados, foi morar na casa dos tios na capital. Com o tempo, fugiu. Esteve envolvido em alguns delitos. Passou alguns meses em um reformatório, de onde também fugiu. Hoje, seu paradeiro é desconhecido.

Ika: A parede falava comigo.

Dut: Quando ela começou a falar com você?

Ika: Não sei. Não me lembro. Tinha voz de menino. Falava comigo quando eu estava sozinho. Minha mãe saía, apagava a luz daí a parede começava a falar. Tinha voz de um menino do colégio.

Dut: Um menino? Quem?

Ika: Um que se chamava Nicolás. Que sempre tirava sarro do meu nome. Dizia que eu era hippie e que minha mãe comia capim e que meu pai... os cavalos. Ele começou a me dizer essas coisas e daí todos os outros meninos também diziam. A parede falava comigo com a voz dele. E saía um rosto da parede.

Dut: Era o rosto desse Nicolás?

Ika: Não. Não sei. Era um rosto de adulto. Dava pra ver como se estivesse grudado na parede. Tinha os olhos muito grandes. Saía da parede quando eu estava sozinho e conversava comigo. No começo, a gente falava sobre qualquer coisa.

Dut: Sobre o que conversavam?

Ika: Ele me perguntava como estava o colégio. E também coisas sobre meus pais. Me perguntava por que me deram esse nome. É um nome aborígene. Significa "vento do Norte". Minha mãe dizia que era um nome puro. E o rosto na parede perguntava: Gostaria de se chamar Adrián ou Nicolás ou outro nome? E eu respondia que sim. E o rosto na parede me perguntava: Quer viver na cidade? E eu respondia que sim. E o rosto na parede: Gostaria que seus pais não fossem hippies? E eu respondia que sim.

Dut: Alguma vez contou isso pros seus pais?

Ika: Contei uma vez pro meu pai. Mas ele estava distraído, não deu muita bola.

Dut: Distraído?

Ika: Passava muito tempo na horta. Mas as verduras secaram. Era quase a única coisa que a gente comia, e, quando secaram, só arroz. Minha mãe andava distraída e o arroz que fazia era ruim. Eu não queria comer. Mas eles não ligavam. Os dois estavam distraídos. Todo mundo estava distraído.

Dut: Por que você acha?

Ika (encolhe os ombros): Não sei.

Dut: E o que aconteceu no dia 26 de junho?

Ika: O rosto na parede tinha me falado que era pra eu matar meus pais. Até tinha me mostrado como. Era só abrir o gás e esperar eles dormirem. Eu também ia dormir.

Dut: E você não achava que era ruim matar seus pais?

Ika: Naquele momento, não. Porque o rosto na parede tinha me mostrado que meus pais estavam contra mim. Que me deram esse nome e me faziam comer as verduras da horta porque estavam doentes. E que, depois de matar eles, eu ia poder viver na cidade com meus amigos e jogar videogame o dia inteiro.

Dut: Chegou a abrir o gás?

Ika: Não. Minha mãe me atacou antes. Eu estava fazendo as malas pra ir à cidade, e minha mãe entrou no quarto e avançou pra cima de mim com a faca. Cortou meu rosto e este dedo. (Mostra o dedo anular da mão direita amputado na segunda falange).

Dut: Ela te disse alguma coisa?

Ika: Não. Entrou e me atacou. Enfiou a faca aqui na minha perna. Eu olhei pra faca e toquei com a ponta do dedo. E minha mãe tirou a faca e me agarrou pela nuca e puxou minha cabeça. Acho que ela queria cortar meu pescoço. Aí alguém enfiou uma sacola na cabeça da minha mãe. Era uma sacola de plástico, daquelas de mercado. Meu pai segurou minha mãe pelos braços e a sacola grudava na boca dela. Meu pai segurava e ela se debatia. Aí ele a soltou e minha mãe caiu no chão. Meu pai me olhou e disse: Ika, agora é você. Enfiou a sacola na minha cabeça, me agarrou com força e falou: Quieto, quietinho, é rapidinho, já vai acabar. E eu fiquei quieto, mas daí minha mãe, que não tinha morrido, enfiou a faca no pé do meu pai. Aí ele gritou e me soltou, daí ela enfiou a faca na barriga dele. Aí minha mãe se afastou e a faca ficou lá. Meu pai tirou a faca da barriga e saiu muito sangue, que escorreu pra todo o lado. Os dois começaram a brigar. Meu pai enfiou a faca no olho da minha mãe. Ela ficou quieta. Meu pai também ficou quieto. Eu me levantei e saí de casa. Desci pela montanha, porque a estradinha estava cheia de neve e escorregadia. Conforme eu ia chegando perto, via as coisas acontecendo. Vi uma mulher correndo com o pescoço cortado e a cabeça pra trás, como se estivesse ao contrário. As pessoas corriam. Eu ouvia gritos. Algumas coisas estavam pegando fogo.

Dut: Das pessoas que estavam matando, havia alguém que não era de Kruguer?

Ika: Todo mundo estava matando.

Dut: E depois, o que aconteceu?

Ika: Não sei muito bem.

Dut: Muito obrigado.

## Interrogatório de Walter Skarton (43 anos)

Submetido a julgamento em 1988, foi declarado mentalmente insano e passou alguns anos no hospital psiquiátrico estadual. Atualmente, vive na capital.

Skarton: Eu tinha alguns sonhos naquela época... Minha mulher tinha acabado de me deixar. Fez as malas e foi embora. Não sei o que deve ter passado pela cabeça dela. Talvez tenha se dado conta a tempo. Bem, foi o que salvou a vida dela. Não fosse por isso, provavelmente estaria morta agora. Talvez eu mesmo matasse ela. Eu matei muita gente. Falo isso agora. Sei que vão me botar na cadeia, mas não me importa. Porque ali foi todos contra todos. Ou você matava ou te matavam. Como um jogo. Eu não estava na plena função das minhas faculdades. Minha mulher tinha me deixado.

Dut: Considera importante o fato de sua mulher ter deixado o senhor?

Skarton: Nunca tinha me acontecido algo assim. Isso de viver avoado. Quero dizer, provavelmente foi porque minha mulher me deixou. Fazia dez anos que a gente estava junto. Ela sempre foi muito independente, muito moderna. E eu era louco por ela. Queria ter filhos, me casar. A gente não era casado, mas eu falo minha mulher porque fazia dez anos que a gente estava junto. Dez anos é muito tempo. E um mês antes de acontecer tudo isso, cheguei uma noite à minha casa e ela estava com esse olhar, né? Mais que um olhar, era um ar. Uma atmosfera. Como se tivesse uma atmosfera grudada no corpo. Algo que a rodeava. Se já viveu muito tempo com uma mulher, sabe que de vez em quando tem dessas coisas. Parece que se transformam em outras pessoas. E a gente já não sabe como tratar elas, porque é outra pessoa, uma desconhecida, e daí é como começar de novo. Além disso, não querem ser "tratadas". Há alguma coisa que incomoda elas, que faz elas surtarem, e só pensam nisso, e todo o resto parece um zumbido. Então, qualquer coisa que você disser vai ser ruim. Tudo vai levar ao surto. Não importa o quê. Bem, quando cheguei naquela noite, percebi a atmosfera. Senti que o ar estava carregado. Senti que algo ia explodir a qualquer momento. Minha mulher estava abatida e com os olhos vermelhos de tanto chorar. Antes de me cumprimentar, ela falou: Temos que conversar. E aí eu já sabia tudo. Sem que ela precisasse me falar. Daí eu disse: Não precisa falar nada. Mas ela queria conversar. Não ia guardar pra si tudo o que tinha pra me dizer. E assim foi. Às quatro e meia da madrugada, ela me pediu que eu levasse ela pra Los Primeros. Não parou de falar nesse tempo todo. Eu disse que não queria levar, que desse outro jeito de...

Dut: Limite-se a contar apenas o que aconteceu em Kruguer naquele dia, por favor.

Skarton: Subi no carro e arranquei. Acelerei. Atravessei a entrada da praça e investi contra quem estava ali. Eram, não sei, uns cinquenta. Talvez mais. Atropelei todos. E o que eu pensava, o que não conseguia deixar de pensar, é que de alguma maneira eles eram cúmplices do que havia acontecido com minha mulher. Eu pensava: as pessoas eram culpadas. Fizeram a cabeça dela. Colaboraram pra que eu ficasse sozinho. Porque ela não queria mais me ver. Soube que está morando em Los Primeros. Um amigo me contou. Me disse: Sua mulher está morando num apartamentinho desses novos em Los Primeros. E eu fui ver ela. Havia transcorrido dez, quinze dias desde que ela tinha ido embora, e eu pensava: já deve ter passado a raiva. Então, eu fui. Procurei o apartamento, toquei a campainha e esperei. Uma voz de homem me respondeu: Pois não?

Dut: Vou repetir, limite-se a contar o que aconteceu naquele dia em...

Skarton: Estou chegando lá, estou chegando lá. Atropelei toda essa gente. Vi todo mundo se aproximar e se estatelar contra o para-lamas e o para-brisa, alguns se esborracharam contra o teto e foram pra trás, outros foram parar embaixo das rodas. Alguns foram jogados pra trás e se estatelaram contra a estrutura do palco. Parecia uma explosão. E eu pensava: mereceram, filhos da puta, porque com suas picuinhas, suas insinuações, conseguiram fazer com que minha mulher me abandonasse. Porque foi isso o que aconteceu com ela. Alguém, não sei quem, chegou com uma historinha pra ela de que eu tinha outra mulher, o que era uma mentira das mais deslavadas. Eu que estava tão apaixonado por ela. Nunca, em toda a minha vida, eu teria...

Dut: Vou repetir pela terceira vez, sr. Skarton, limite-se a...

Skarton: Sim, sim. Claro. O céu estava turquesa naquele dia. Um dos céus mais bonitos que vi na vida. Estava olhando pra ele com as chaves do carro na mão quando o velho Frou veio pra cima de mim com um facão. Levantei o braço instintivamente, e o velho me acertou bem aqui. Consegue ver a marca? Então, larguei as chaves do carro e o velho tentou morder meu rosto, estava furioso, daí eu chutei o saco dele, peguei o facão e enfiei na cabeça dele, assim, de lado. Daí, o velho se acalmou. Ficou quieto, a princípio. Depois arrumou a roupa, com dignidade, e saiu caminhando pela rua de terra. Com o facão atravessado na cabeça. Meu braço sangrava. Mas eu não me importava. O sangue caía na neve. Mas não me importava. Estava procurando as chaves do carro. Tinham caído por ali, mas eu não conseguia encontrar. Ouviam-se gritos. Vi uma mulher correndo com a roupa rasgada. O Chébere corria atrás. Carregava algo, mas eu não sabia o que era. Todo mundo correndo. Era uma onda. Como uma onda invisível que percorria Kruguer. Minha mulher tinha me deixado e eu não conseguia encontrar as chaves.

Dut: O senhor chegou a ver se Chébere matou a mulher? Chegou a reconhecer a mulher?

Skarton: Não e não. Tudo estava um caos. Agora que me dou conta, porque naquele momento eu não estava pensando.

Dut: Depois de atropelar as pessoas na praça, o que você fez?

Skarton: Dei marcha à ré, senti que o carro se levantava quando passava por cima das pessoas e depois abaixava de novo. Repeti isso três vezes.

Dut: Três vezes?

Skarton: Sim. Então alguém abriu a porta e me deu uma facada aqui, do lado. E quando olhei, era minha mulher, não podia acreditar.

Dut: Sua mulher estava trabalhando a essa hora. Há testemunhas.

Skarton: Já sei, já sei. Pensa que não sei? Mas era minha mulher, juro por Deus. Então, peguei na mão dela e gritei: Eu te amo, como você pode fazer isso? E ela ria, minha mulher ria, juro por Deus. Daí eu pensei: ela está rindo de mim. Então, fechei a porta pra pegar sua mão, e ela ficou presa no carro. Dei marcha à ré com ela presa, peguei o caminho que levava a Los Primeros e ela continuava ali, presa. Era uma maravilha. Eu a levava arrastada e gritava para ela: Viu o que acontece? Viu o que acontece quando você me trai? Então, choquei contra o muro de proteção da encosta e caí. O carro rolou. Na terceira ou quarta volta, perdi a consciência. Despertei e percebi que estava afundado na neve, no vale, ao lado do riacho. Não sabia o que tinha acontecido. Tentei abrir a porta e não consegui. O braço da minha mulher tinha se soltado. Não sei onde ela foi parar, mas a única coisa que ficou foi o braço. Fui abrir o vidro, mas alguma coisa o travava. Quis me mexer, mas alguma coisa saía do meu joelho esquerdo e, quando fui ver, percebi meu fêmur saindo da calça com a ponta trincada e coberta de sangue. Desmaiei de novo. Mas logo acordei e percebi que estava perdendo muito sangue. Se continuasse assim, ia morrer. Então, com grande esforço, arfando e bufando de dor, tirei meu cinto. Tudo isso deve ter levado uns bons cinco minutos, e eu não parava de xingar, aos gritos. Xinguei principalmente minha ex-mulher. O mais difícil foi levantar a perna. Segurei o cinto com os dentes enquanto levantava ele pela coxa. Deslizei uma das pontas do cinto por baixo da coxa, passei pela fivela e apertei com toda a força. Pensei: certeza que não ia servir pra nada. Do jeito que as coisas estavam, ia sangrar até a morte, simples assim. Eu suava e a dor era tão forte que tive náuseas. Desmaiei de novo. Mais uma vez despertei. Estiquei o braço pelo para-brisas, peguei um punhado de neve e o coloquei na ferida, na esperança de estancar a hemorragia. Peguei outro punhado e coloquei na boca, deixando derreter: estava morto de sede. Gritei. Gritei várias vezes. Depois dormi. Depois, escutei vozes. Aqui tem um, disse uma voz. Está vivo. Abri os olhos e vi um rapaz jovem, um bombeiro, com o rosto suado e manchado pelas cinzas do incêndio. Senhor. Senhor. Está me ouvindo?, perguntava. Comecei a rir. Não podia evitar: era tudo muito engraçado. Vi que outros bombeiros estavam batendo no para-brisas com a cabeça de um machado. Após várias tentativas, o vidro quebrou e foi possível tirar ele inteiro, como se abrissem uma lata de conservas. O bombeiro mais novo assobiou. Que bela ferida tem aí, disse. Eu ri. Do que está rindo?, perguntou um dos bombeiros. O outro disse pra ele se calar.

Dut: Isso é tudo?

Skarton: Sim, senhor, isso é tudo. Minha mulher já estava morando com outro homem. Tinha me trocado por outro homem. Sabia disso? Aquela vadia.

## Interrogatório de Marcelo "Chispa" Di Paolo (15 anos), filho do proprietário da mercearia

Di Paolo: Não senti nada. Nem percebi que todos estavam estranhos, como o senhor disse. Pra mim, não havia nada estranho. Claro que não dava muita bola pra ninguém. Nem sequer pro meu pai. Eu gostava de ficar sozinho. Aí, me trancava no quarto ou ia pro bosque, acendia uma fogueira e ficava ali. Bem, meu pai, sim. Mas meu pai já era estranho "antes" do acidente. Tipo, ficar olhando por cinco minutos pra algo. Um interruptor, qualquer coisa. E naqueles dias andava mais estranho que o normal, mas já era estranho.

Dut: O que se lembra daquele dia?

Di Paolo: Acordei tarde. Naquele dia não ia ter aula, e era a única coisa que eu gostava da festa. Pra mim, a festa era muito deprimente. Primeiro, porque o povoado ficava cheio de gente, e eu não gosto muito de pessoas. Segundo, porque essas coisas meio que davam vergonha alheia, as danças, todos esses alemães bêbados. O nariz vermelho, a camisa com suspensórios, cantando essas merdas nacionalistas. Nesses dias eu não saía de casa, pra nada. Passava a manhã inteira no meu quarto, ouvindo música e lendo. Naquele dia, estava lendo um de Hemingway, que se chama *O Velho e o Mar*. Acordei e comecei a ler. Achei estranho não escutar meu pai, que sempre assistia televisão com o volume bem alto porque era meio surdo. Vou até a cozinha e vejo que a televisão está desligada. Chamei por ele algumas vezes, pai, pai. Nada. Aí, ponho a água pra esquentar e enquanto estou fazendo café ouço um barulho, lá do armazém. Um barulho estranho. Pai, eu falo. Nesse momento, o corredor que eu já tinha visto tantas vezes, que ia da sala de jantar à janela onde funcionava a mercearia, me pareceu desconhecido. Fiquei olhando pra lá.

Pai, chamei várias vezes. Nada. Começo a chegar mais perto, com a xícara na mão. E aí eu vejo. Estava deitado entre as sacolas, todo retorcido, com espuma branca saindo da boca. Com roupão e calças curtas, de chinelos com meias, e o cabo de uma faca cravado no peito. Fazia um ruído com a boca, algo como *glock*, *glock*, achei que fosse a glote inflamada tentando respirar. Aí larguei o café e sacudi ele. Estava duro. Corri pro telefone, mas não dava linha (nota: a linha tinha sido cortada às seis da manhã), aí me agasalhei um pouco e saí.

Dut: O que foi fazer?

Di Paolo: Procurar ajuda. Ou um telefone que funcionasse. O Keselman tinha se matado, mas achei que, entre as pessoas da festa, podia encontrar alguém para me ajudar. Fui pela rua principal e ali já tinha começado toda a confusão. Primeiro, ouvi os gritos. Depois vi uma mulher pegando fogo correndo pelo bosque. Pensei que fosse o fim do mundo. A gente deseja o fim do mundo, que é algo "diferente", mas quando o fim do mundo realmente se aproxima, aí se prepara. Continuei caminhando em direção à praça e tinha gente se matando por todos os lados, um matava o outro e dois matavam um terceiro, e assim por diante. A neve da praça estava coberta de sangue, era neve vermelha. De todo modo, não me aproximei muito. As cadeiras voavam, um carro avançou pra cima da multidão e atropelou todo mundo, foi horrível. Em seguida, me virei e comecei a voltar. E aí eu vi o Pablito, o Pablito Lambaré, não sei se você conhece, um que era meu colega de escola, bem bacana, às vezes a gente trocava livro ou fazia junto alguma tarefa. Conseguiu sobreviver?

Dut: Lamento informar que não.

Di Paolo: Imaginei. Bem, o lance é que ele começou a me chamar do bosque, mas logo me dei conta de que algo estava acontecendo com ele. Ria. Tinha cara de louco, estava rindo e eu fiquei com medo. Comecei a correr. E ele veio correndo atrás de mim. Até que alguém pegou ele e socou e chutou ele.

Dut: Tem ideia de quem podia ser?

Di Paolo: Acho que o Rodolfo Wairon. Mas não tenho certeza. Dava chutes e socos até que o Pablito desmaiou. E eu continuei correndo, segui pelo riacho e comecei a correr pela lateral, porque imaginei que ali não ia ter ninguém.

Dut: Como interpretou o que estava acontecendo?

Di Paolo (*rindo*): Não sei. A gente pensa coisas malucas nessas horas. A gente pensa no fim do mundo, como te disse, ou num surto. Um surto coletivo. Então, achei que tinha que sair de Kruguer. Te garanto: nunca pensei em assassinato, nem alucinações, nem merda nenhuma. Mas em

Kruguer sempre houve, como explicar, uma tensão especial. Se não tivesse acontecido isso, ia acontecer outra coisa. Mas a tensão estava lá. Como um zumbido baixo, constante. Alguma coisa que mais cedo ou mais tarde ia explodir. Então, explodiu. Tinha explodido. Por isso fui embora. Não queria passar pelo meio do povoado, então primeiro segui pelo riacho e depois pela trilha secreta.

Dut: Como conhecia essa trilha secreta que acabou de mencionar?

Di Paolo: De tanto perder o ônibus. A gente, os garotos, conhecia. Sempre ia por ali. Era uma trilhazinha muito estreita que se abria entre os arbustos. Era preciso descer e depois subir a ladeira da montanha. Estava cheio de arbustos. Com espinhos. Neve. Eu me escondi ali. Fiquei escondido a noite toda. Saí de lá todo arranhado e cheio de espinhos. Já dava pra ver a fumaça no céu, na região de Kruguer.

(Nota: quando começava a amanhecer atrás das montanhas, um motorista encontrou Di Paolo no caminho que levava a Los Primeros. Parecia, segundo o testemunho que forneceu, um garoto de campo de concentração: sujo, magro, machucado, com o olhar morto. O motorista baixou o vidro. Pra onde vai?, perguntou. Ele não respondeu. Suba, disse o motorista e se inclinou pra abrir a porta traseira. Quando chegaram a Los Primeros, parou em frente à delegacia. Lá dentro reinava o caos. Não estavam nem o delegado nem os outros dois agentes que o acompanhavam; por outro lado, havia um jovem, rodeado de pessoas que perguntavam a ele o que havia ocorrido em Kruguer. O motorista esperou sua vez, sentado ao lado do garoto, mas em determinado momento perdeu a paciência e se aproximou do balcão onde o policial jovem gaguejava diante das pessoas e disse-lhe que trazia um garoto de Kruguer. Fez-se um silêncio. De Kruguer? Vocês vieram de Kruguer? Isso, respondeu o motorista. Você falou que vieram de Kruguer?, perguntou pela terceira vez o policial jovem. O motorista não disse nada. O policial o orientou a sentar-se perto da parede. Hoje é um dia estranho, comentou. Sim, concordou o motorista, já percebi. Atualmente, Marcelo "Chispa" Di Paolo mora em Los Primeros, criando poodles para viver).

## Azucena Helm

Os bombeiros a encontraram em 27 de junho à tarde, perto do riacho e a uns duzentos metros do hotel Kruguer. Assim como Elsa Rauch, a princípio havia sido dada como morta. Estava pálida, deitada na neve, aparentemente congelada, com o corpo rígido e os lábios roxos. Um dos bombeiros se inclinou sobre ela e, depois de examiná-la, encontrou o pulso no pescoço. Encaminharam-na, como aos demais sobreviventes, ao hospital Santa Trinidad em Los Primeros. Os médicos, que tinham muitos pacientes naquele dia, fizeram o que podiam por ela. Primeiro, tentaram regular a temperatura. Depois, tiveram de amputar as partes do corpo necrosadas pelo frio: dois dedos do pé direito e um do esquerdo. Notaram a ausência de um dedo da mão esquerda, previamente amputado que, segundo um cirurgião, homem não dado a sutilezas, havia sido arrancado pelos dentes de um cachorro ou algo do tipo. Descobriu-se que a própria mãe o extirpara com a mordida, segundo seu próprio testemunho.

Azucena: Apareceu o amiguinho. Sim, isso, eu estava deitada, daí eu acordei e lá estava o amiguinho.

Dut: Quem era o amiguinho?

Azucena (ri, olha para o coto na mão, nega com a cabeça): Sentia uma presença. Foi a primeira coisa. Havia algo em casa. Em alguns momentos era mais forte. Uma presença. Nunca sentiu uma presença? Não? Então deve estar faltando sensibilidade em você. Eu, quando senti, me dei conta de que a senti a minha vida toda, sem reconhecer. Sempre tinha estado ali, mas agora era algo material, uma criança, ou melhor, um homem pequeno, do tamanho de uma criança de 8 anos. Estava esperando. Não sei o quê. Provavelmente, era eu quem estava preparada. Perguntei pra mamãe se a sentia e ela sequer se dignou a responder. Mamãe estava em outra parte. Andava com a cabeça avoada. E eu sentia a presença de algo, uma criatura, em toda a nossa casa. Eu ficava olhando pra sala de jantar. Ficava olhando o corredor que dava pros quartos. Ficava olhando pra esses lugares como se fossem bocas. Como se fossem rostos. Como se fossem grutas. Como se fossem animais. Sabia que, cedo ou tarde, essa presença se manifestaria. E, enfim, aconteceu. Eu estava dormindo e abri os olhos e lá estava o amiguinho. Não sei que dia era. Nem que mês. O amiguinho estava parado perto da porta. Estava sem camisa. Eu pensava: não estava com frio?

Dut: O amiguinho era real? Era corporal?

Azucena: Não sei. Não sabia nada naquela época, nem sei de nada agora. Que importa? Não tem nada fora de... Não importa. Primeiro, o amiguinho se manifestou como presença, depois vi ele. Uma noite. Abri os olhos na cama e ali estava ele. Num canto. Agachado. Olhando pra mim. Fechei os olhos e quando abri de novo já não estava. Senti que algo caía dentro de mim. Algo que era eu, eu caía dentro de mim. Na noite seguinte, o amiguinho andava de quatro pelo quarto. Ia e voltava, ia e voltava. Eu ficava quietinha na cama. E o amiguinho passava de um lado pro outro. Virava a cabeça, me olhava e eu gritava e mamãe perguntava o que tinha acontecido, e eu: Nada, mamãe, para de me incomodar. Fechei os olhos e quando abri, o amiguinho estava empoleirado em cima de mim, com o rosto bem próximo, e então se enfiou dentro de mim.

Dut: Como ele se enfiou em você?

Azucena: Entrou em mim. Senti quando entrava. E depois parei de sentir. Não estava mais fora. O amiguinho estava dentro de mim.

Dut: E agora continua dentro de você?

Azucena: Eu vou lá saber, idiota? Estava dentro de mim e falava comigo. Não, não falava. Não falava comigo por palavras. Nem com imagens. Parecia que empurrava minha mente. Não sei. Mas o que ele me dizia era que mamãe estava arruinando minha vida. Sem palavras. Sem me falar: Sua mãe está arruinando sua vida. E me mostrava. E eu escutava e dizia: Sim. Tem razão. Mamãe está arruinando minha vida. Você não fez nenhuma descoberta, amiguinho. E o que vai fazer a respeito, me dizia o amiguinho, sem palavras. E eu: Não sei, amiguinho. Tem alguma sugestão? Algum plano? E o amiguinho dizia: O que sua mãe precisa é de uma panela de água fervendo na cara enquanto dorme. Velha gagá. Egoísta. Ingrata. Escandalosa. Mal-educada. Nunca quis ter você. Nunca quis ser sua mãe. Você era só uma desculpa pra que seu pai ficasse com ela. E agora você é a enfermeira dela. Panela de água fervendo na cabeça enquanto dorme. E essa ideia me excitava.

Dut: Te excitava?

Azucena (brincando): Te excitava? Sim, estúpido. Sim. Me excitava. Sexualmente me excitava. Mas não fazia nada. Não queria fazer nada. E no dia 26 fui comprar um pudim pra mamãe. Disso não me lembro bem.

Sei que fiz o caminho até a mercearia como um zumbi e que comprei um pudim com doce de leite pra mamãe. E que voltei com o pudim pra casa, pensando: panela de água fervendo na cabeça, panela de água fervendo na cabeça. Procurei por uma colher e me sentei ao lado dela, parecia catatônica. Parecia morta. Abri o pote do pudim e comecei a lhe dar colheradas. Foi aí que ela me mordeu. Mordeu a mão que eu segurava a colher, apertou e apertou até que eu senti o osso quebrar. Foi muito rápida. Como se tivesse acordado de repente, arrancado meu dedo e adormecido novamente. Você sabe onde foi parar o dedo?

Dut: Estava dentro da boca dela. Foi encontrada morta.

Azucena: Ah, sim. Bem, depois disso fui pra rua. Meu dedo pingava sangue, mas eu não ligava. Lá fora se ouviam gritos. Gritos sem forma, primitivos, animalescos, de pura dor. Havia gente correndo. Um homem com uma menina nos braços. Uma mulher com a roupa rasgada, quase nua, caminhando de quatro, com o corpo cheio de hematomas. Vi a sra. Neisser, minha vizinha, com o rosto e o cabelo cobertos de sangue. Na esquina, mais à frente, alguém que não identifiquei corria pelo bosque e, depois de alguns passos, tropeçou e caiu com a cara na neve. A casa dos Blumer tinha uma janela quebrada e saía muita fumaça por ela. Pensei: assim tinha que ser, e assim é. Tudo o que acontecia estava bem. Me afastei em direção ao riacho e me sentei em um pinheiro e enfiei o coto na neve. Estava latejando e quando o enfiei na neve, parou. Comecei a tremer. Não a me sacudir: a tremer baixinho, como se sussurrasse. Senti que estava muito cansada e que ia adormecer de uma hora pra outra. Fechei os olhos e, quando abri, lá estava o amiguinho, parado diante de mim.

Dut: O amiguinho não tinha se enfiado dentro de você?

Azucena: Não me venha com babaquice. Não brinca comigo. Se tivesse visto metade do que vi naquela tarde, teria cagado nas calças. Então, não enche o saco. O amiguinho sorria. Dava pra ver que estava feliz. Então, adormeci e acordei no hospital.

Dut: Quem matava? Durante o massacre, pôde ver quem portava armas? Quem dava as ordens?

Azucena: Todos. Todos matavam.

De *A Indomada*, último capítulo, cena oito, interior, escritório de Lavedra, de dia:

VERÓNICA
(fumando um cigarro)
Tive que fazer algo horrível.

SEBASTIÁN
(aproximando a cadeira de rodas da biblioteca, dando-lhe as costas)
Não é nossa culpa. Você escolheu fazer algo horrível.

VERÓNICA
(apaga o cigarro, está chorando)
Às vezes, o destino escolhe alguém. Faça o que fizer, sempre acabará mal.

SEBASTIÁN
Não quero saber.

VERÓNICA
Você tem que saber.

SEBASTIÁN
Não quero saber!
(grita, tapando os ouvidos com as mãos)

# 27
# Algo que ainda não tem nome

**Federico García Werner, jornalista,**
**autor de "O Massacre"**
**(edição do autor, 2001)**

"A primeira vez que estive em Kruguer foi no dia seguinte ao massacre. Eu trabalhava no *Clarín* na época. Meu primeiro trabalho. Fazia coisas soltas, tapava buracos, servia café, principalmente, então o responsável pelo Caderno Policial adoeceu, acho que tinha câncer, morreu tempos depois, era fumante inveterado. E me enviaram pra lá "Bem, cheguei a Los Primeros na noite do dia 27, hospedei-me no velho hotel, e na manhã seguinte já estava lá, na trincheira, digamos. Ainda não tinha ideia da dimensão do assunto. Ninguém tinha ideia. Lembro-me de que naquela manhã, quando cheguei, estavam transportando os corpos. Conversei com um jornalista da capital, acho que era do *La Razón*, um velho que fumava como uma chaminé, e perguntei-lhe quantos corpos levavam. Já perdi a conta, me respondeu.

"Tudo era assim. Num primeiro momento, nós jornalistas não tínhamos ideia do que estava acontecendo. Depois o delegado fez uma coletiva de imprensa e nos demos conta de que ele também não tinha ideia. E à medida que íamos sabendo dos detalhes, a coisa foi ficando mais e mais pesada. Foi como se tivesse passado um furacão, sem qualquer aviso, você está tomando um chá e de repente seu teto voa pelo ar e você com a xícara pela metade. O que aconteceu? O que foi que bateu? Contava tudo isso aos gritos pro meu chefe, num telefone público alaranjado da Entel, o único que havia nessa época, e ele me dizia: Escreva o que puder. E eu: Cem moradores se mataram entre si. Isso é uma loucura. E ele: Escreva o que puder.

"Então fiz isso. Escrevi o que pude. Uma nota repleta de estupor no primeiro dia, uma nota repleta de estupor no segundo dia e uma nota repleta de estupor no terceiro, esta última disfarçada por uma racionalidade aparente, já que o velho Heredia, o chefe naquela época, pediu que eu parasse um pouco de encher o saco com o estupor. Ninguém quer ler estupor. Principalmente nas notícias policiais. Querem ler, exatamente, o contrário de estupor. Querem ler certezas. O Heredia me pediu que escrevesse isso e foi isso o que escrevi, obediente, porque eram minhas primeiras entradas no ofício jornalístico e eu não queria estragar tudo. Mas, de todo modo, tive uma conversa telefônica com ele. Eu disse: O que prima é o estupor. Ele disse: Não quero ouvir essa palavra nunca mais. Eu disse: Não sei que palavra posso usar. Ele disse: Procure, deve haver alguma. Pergunte por hipóteses.

"Havia algumas hipóteses, claro, no entanto eram iguais ou mais delirantes do que o próprio caso. Contendas domésticas que saíram do controle, por exemplo. Ou surto coletivo. Há casos de surto coletivo na história mundial. Mas algo dessa dimensão nunca foi visto. Lembro-me de ter conversado com as pessoas do lugar, tentei extrair algo delas, mas estavam paralisadas. O clima geral de Los Primeros era de paralisia, de dor e, o Heredia que me desculpe (r.i.p.), de estupor. Bastava mencionar o massacre que as pessoas se retiravam, criava-se uma muralha ao redor e era impossível continuar conversando. Não porque escondiam algo, óbvio, mas porque o que tinha acontecido ali não podia ser posto em palavras, nem mesmo em palavras íntimas do pensamento.

"Os corpos foram transportados pro clube Ordem & Progresso, o único lugar com espaço suficiente pra realizar as autópsias. Há uma foto do chão da quadra de basquete coberta de corpos, um ao lado do outro: isso já era o suficiente pra mostrar a dimensão do ocorrido. O Carlos Dut, que naquela época era o delegado, quebrava a cabeça tentando entender as motivações dos crimes. Mas era tudo grande demais e, a cada coletiva de imprensa, a cada aparição pública, ele parecia mais velho, mais derrotado, como se esse mesmo caso estivesse passando por cima dele. Em dois meses renunciou. Alguma cabeça tinha que rolar, e foi a sua, era compreensível.

"O caso segue aberto. Ainda hoje. Mas quando finalizaram as autópsias, dois meses depois, o Heredia me ligou no hotel e me pediu pra voltar. Disse que gostaria de investigar um pouco mais, que ainda não tinha respostas, que faltava algo. Ele respondeu que não havia mais nada a investigar ali. Disse literalmente: Nessa seção acontecem coisas que às vezes não se entendem, moleque, logo você se acostuma. E tinha razão. Outros crimes, mais simples, substituíram esse, e logo as pessoas esqueceram. É incrível a capacidade que as pessoas têm de esquecer. As notícias correm uma atrás da outra, e quando queremos entender, deixamos pra trás algo inexplicável e grande, e já não importa mais.

"Foi o que aconteceu com Kruguer. Se alguém se dispõe a investigar com um mínimo de rigor, na história argentina, na história universal, verá que ela está repleta de casos como esse. As pessoas se esquecem deles, um tanto pelo anseio do novo e outro porque é mais saudável esquecer.

"Mas eu não esqueci. Ainda me lembrava da foto dos corpos no chão da quadra de basquete. Queria encontrar uma resposta. Voltei, dez anos depois, em 97, a Los Primeros. O mundo tinha mudado nessa época. Existia algo chamado internet, por exemplo. Voltei com meus próprios recursos, não porque o jornal me mandou. Levei minha mulher e minhas filhas, que ficaram encantadas com o lugar, deixei-as num hotel com piscina e saí pra entrevistar as pessoas.

"Elas não se lembravam do massacre. Tinha acontecido havia dez anos, a vinte quilômetros de Los Primeros, muitos dos que morreram eram conhecidos ou parentes dos moradores. E já não se lembravam. Me juntei com o Dut, que nessa época jogava bocha e resolvia problemas, como me disseram. Encontrava pessoas, esse tipo de coisas. Ele me disse: Lembrar, eles lembram, mas se fazem de idiotas. Não querem lembrar.

"Talvez seja verdade, não sei.

"Sei que meu livro gira em torno da ideia do mistério. Dessa parte da experiência humana que não se tem palavras. Do mistério, da loucura e da escuridão em que vivemos.

"Eu mesmo imprimi os exemplares e vendo da minha casa. Fiz dois mil exemplares, mas a maioria está num pequeno cômodo nos fundos. Que não sejam vendidos também é um sinal, pra mim. O sinal de que toquei em algo, algo que ainda não tem nome."

# 28
# Um redemoinho que te suga

**Miguel Vitagliano**
**(editor de "La Manãna",**
**o único jornal de Los Primeros)**

"O que aconteceu tem a ver com política. Como você escuta. Eu tenho essa teoria. Quero dizer, a ditadura havia terminado naquela época, mas seus efeitos ainda podiam ser sentidos. Acho que foi como um último recurso."

**Mário Ribak**
**(ex-chefe do corpo de bombeiros)**

"Ainda sonho com o que vi naquela madrugada, embora cada vez menos. Ou me vêm *flashes*. Estou brincando com meu neto e uma dessas imagens aparece do nada na cabeça e fico melancólico. É muito rápido. Depois passa."

**Chispa Di Paolo (sobrevivente)**

"Não dormi durante anos. Depois, um psiquiatra me receitou Alplax e tive um sono tranquilo. Agora, às vezes tenho... não sei como chamar... ataques, sei lá, em que fico com paranoia terrível, me vem a ideia de que vai acontecer a mesma coisa em Los Primeros, os moradores virão me assassinar, ou matar minha mulher e meus filhos. É rápido. Já aprendi a distinguir a alucinação da realidade. Fecho os olhos e quando abro, acabou, já esqueci."

**Gerardo Sella (padre)**

"Está tudo na Bíblia. Veja, leio pra você, está no Evangelho segundo São Mateus: O irmão entregará à morte o irmão, e o pai, o filho; e os filhos se levantarão contra os pais e os matarão. E isto está no Evangelho de Lucas: Porque, de agora em diante, cinco em uma casa estarão divididos; três contra dois e dois contra três. Estarão divididos o pai contra o filho e o filho contra o pai; a mãe contra a filha e a filha contra a mãe; a sogra contra sua nora e a nora contra sua sogra. Não está claríssimo? É o apocalipse. É um pequeno apocalipse que tivemos aqui, a menos de vinte quilômetros."

**Carlos Dut (ex-delegado de Los Primeros)**

"Nunca vamos saber o que realmente aconteceu.
Não tem sentido procurar explicações."

**Pedro Sivall (parapsicólogo)**

"Vim morar aqui exclusivamente por isso. Foi em 1997. A essa altura, Kruguer já havia se transformado num lugar de peregrinação. Todo tipo de louco que ia de dia ou de noite pra diferentes coisas: desde meditações, como eu, que é algo muito mais científico, a invocações, rituais, tinha de tudo. Depois relaxou um pouco, mas decidi ficar porque gosto do lugar e porque acredito, de todo coração, para além de qualquer teoria extravagante (que existem, nisso que pratico, não vou negar), que aqui aconteceu alguma coisa que não pode ser explicada em termos racionais.

"Sabia que algumas semanas antes do massacre as vacas da região começaram a dar leite azedo? Falei com alguns cidadãos daqui e todos conformaram. O mesmo aconteceu com as frutas nas árvores: tinham um gosto rançoso. Até com a água. Os que bebiam água do poço, ou do riacho, diziam que naquelas semanas tiveram que comprar no supermercado, porque o gosto era muito estranho, como se estivesse misturada com outra coisa.

"Há um conceito que deveríamos levar em consideração, bastante comum pra pessoas da minha área, que é a egrégora. A egrégora é uma manifestação do espírito coletivo. Uma espécie de entidade que surge entre pessoas com um objetivo em comum. Os que vão a um show de rock, por exemplo. As torcidas de um time. Os que estão numa manifestação política. É como se todas as mentes conscientes emanassem uma espécie de ectoplasma. Mas um ectoplasma vivo. Um ectoplasma com consciência. Acho que foi o que aconteceu naqueles dias.

"Agora eu não saio daqui nem a pau. Já tenho amigos, namorada. Gosto de levantar pela manhã e olhar pra isso", diz, apontando para as montanhas de Kruguer pela janela. "Mas logo que vim, decidi fazer alguns experimentos. Péssima ideia."

"Sempre fui uma pessoa sensível, e nesse lugar minha sensibilidade se acentuava tanto que às vezes pensava que ia enlouquecer. Cheguei a sentir coisas, a ver coisas... horríveis. Uma tarde estava caminhando pelas ruínas do povoado e achei que fosse morrer. Sentei no chão e comecei a sentir, não sei se aconteceu com você, que esse lugar era como um redemoinho que te suga. O que eu era estava a ponto de se evaporar. Depois me levantei, entrei no carro e vim pra casa e nunca, nunca, nunca mais voltei pra Kruguer."

# 29
# Flores amarelas

Em 26 de junho de 2017, um grupo de pessoas se reuniu na entrada de Kruguer. Mário Ribak, o ex-chefe dos bombeiros. Carlos Dut, o ex-delegado. Um dos bombeiros novatos, que agora tinha quase 50 anos. Carlos "Chispa" Di Paolo. Alguns parentes das vítimas.

Era uma manhã limpa, mas fria. Havia nevado na noite anterior. Juntaram-se debaixo dos altos pinheiros, vestidos com agasalhos grossos, toucas de lã e luvas, onde um monólito levantado anos atrás recordava as vítimas do massacre. Mais adiante, estavam as ruínas de Kruguer, cobertas de neve.

Chispa Di Paolo fez um breve discurso. Falou da necessidade de lembrar e também da necessidade de esquecer. Falou de seu pai assassinado. Falou dos assassinatos sem culpados. Falou das vítimas, muitas delas conhecidas. Falou das estrelas e das almas convertidas em estrelas. As pessoas aplaudiram sem entusiasmo.

Depois, cada um dos presentes deixou, aos pés do monólito, como em cada aniversário, uma flor amarela. Isso foi tudo. Cigarros foram acesos, começaram as conversas, o grupo estava a ponto de se dispersar quando alguém apontou para o alto, entre os pinheiros do bosque que tinha voltado a crescer. Algo se mexia. O cachorro dos

Weider, o dogue alemão. Começaram a chamá-lo, assobiando, mas o cachorro olhou por um instante para todos e desapareceu novamente entre as árvores.

Os presentes ficaram olhando para o lugar e, depois, pouco a pouco foram entrando nos carros para voltar a Los Primeros.

Quando o último se foi, Kruguer ficou deserta, silenciosa, coberta de neve.

# LUCIANO LAMBERTI | O MASSACRE

*Uau, é impressionante, disse a garota. Cada curva é uma paisagem nova. Como você disse que esse lugar se chamava?*

*Kruguer, disse o rapaz. Chama-se Kruguer.*

*Realmente era impressionante, sabia por que havia estado ali, sem que a garota soubesse de nada, quinze dias antes. O funcionário da imobiliária de Los Primeros o guiou pelas ruas vazias e contou-lhe um pouco da história: que se chamava Kruguer, que em uma época teve uma população de quase cem pessoas, mas depois do massacre de 87 se esvaziou, que a maior parte eram terras fiscais, mas pagando os impostos poderia lhe conseguir, em cinco anos, a escritura. Que não teria problema se agenciasse um terreno e pagasse as dívidas municipais e começasse a construir.*

*Eu queria um lugar mais lá pra cima, passando o hotel, disse o rapaz.*

*É difícil construir lá, hein, alertou o funcionário da imobiliária.*

*O rapaz insistiu e subiram o caminho que levava ao hotel, agora abandonado, até encontrar um vale com alguns hectares de comprimento que dava para o riacho e a montanha.*

*O rapaz olhou a paisagem. Era perfeita.*

*Imaginava-se vivendo ali, criando os filhos longe da contaminação das grandes cidades. Imaginava-se bronzeado, curtido pelo sol, construindo casas nas árvores para as crianças, que seriam um pouco selvagens, animais silvestres e bonitas. Era o lugar ideal para ser feliz.*

*Agora dirigia pela subida da montanha, depois de ter atravessado Los Primeros. Haviam iniciado a descida e entraram no caminho principal, pela sombra, entre os pinheiros.*

*Cara, parece um cartão-postal, disse a garota.*

*E no inverno neva, acrescentou o garoto.*

*Estou pirando. Olha, lá na montanha. O que é aquilo?*

*Acho que é um hotel velho. Me dá outro chimarrão?*

*Alguns segundos depois o rapaz virou à direita, subiu uma ladeira e estacionou entre as árvores, em um terreno plano que formava um vale. Saíram do carro.*

*Isso parece* Heidi, *disse a garota. Ou* A Noviça Rebelde. *Ou a Suíça, sei lá.*

*Gostou? É nosso, disse o rapaz.*

*Está brincando.*

*Não, não. Comprei semana passada, com a grana que minha avó me deixou. Os terrenos aqui são baratos.*

*A garota gritou, agarrou-o e o encheu de beijos. Depois começou a planejar, falando desenfreadamente.*

*Aqui, a cozinha. Com uma grande janela. De madeira. Tudo tem que ser de madeira, como nessas casas de campo. Madeira e pedra. Em cima, os quartos. Um pra gente e outro pras crianças, com possibilidade de ampliar. Duas crianças, um menino e uma menina, mesmo sendo meio lugar-comum. E seu consultório, pra atender os pacientes. E um salão de jogos. Não, dois salões de jogos. E a sala de jantar. E uma lareira. Não, duas lareiras. Ai, estou morrendo de ansiedade. Quero que já tenha tudo.*

*Sim, meu amor. Vamos fazer tudo isso, você vai ver.*

*Os dois se abraçaram. Ela ergueu o rosto e soprou a franja dos olhos. Estava encantadora.*

*Vamos trepar pra comemorar, disse.*

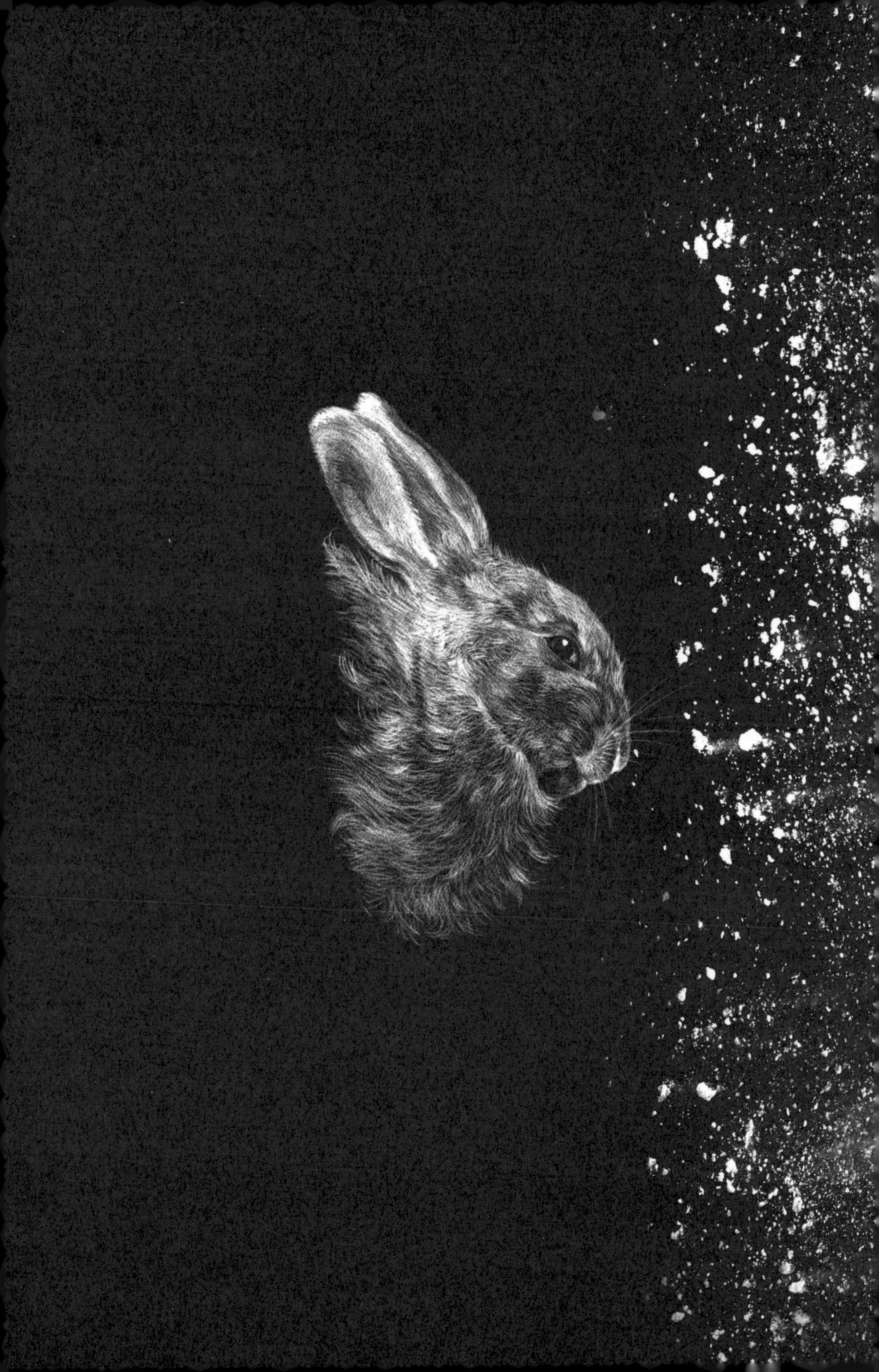

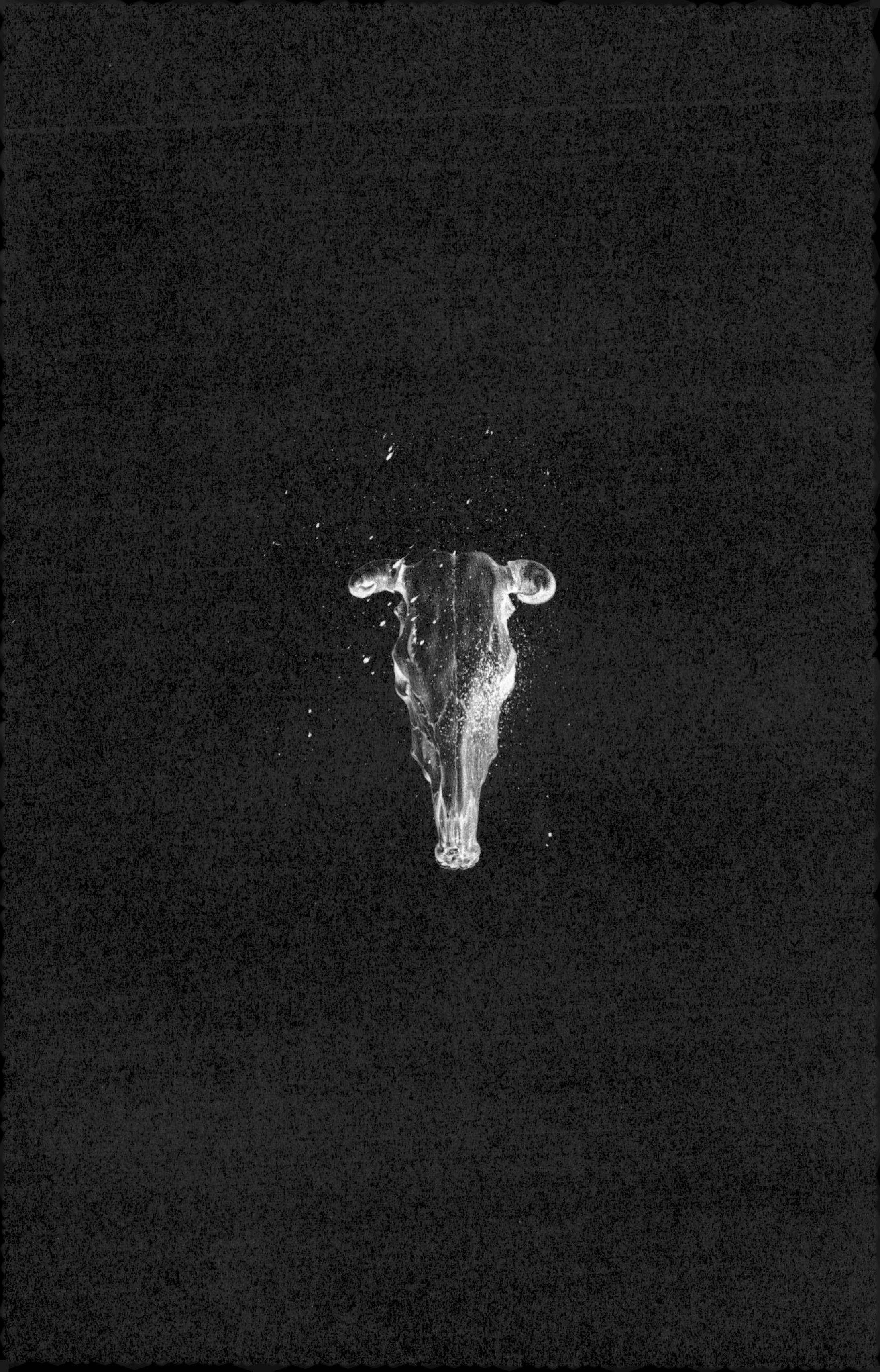

Para todos os que leram este romance
em diferentes etapas de sua escrita e me
deram valiosos conselhos. Especialmente
minha esposa, Caterina, sempre minha
primeira leitora. Para ela e meus
filhos, por suportar o monstro.

**LUCIANO LAMBERTI** nasceu em Córdoba, Argentina, em 1978. É formado em Letras Modernas pela Universidad Nacional de Córdoba e já teve livros lançados na América Latina, na Espanha e na Itália. Publicou os livros de contos *El loro que podía adivinar el futuro* (2012), *El asesino de chanchos* (2014) e *La casa de los eucaliptus* (2017), os romances *Los campos magnéticos* (2013) e *La maestra rural* (2016), a coletânea de não ficção *Plan para uma invasión zombie* (2018) e o livro de poemas *San Francisco* (2014). Ganhou o Prêmio Clarín de Romance em 2023. *O Massacre* é seu primeiro lançamento pela DarkSide® Books. Atualmente vive em Buenos Aires, onde ministra cursos de escrita.

CRIME SCENE
FICTION
DARKSIDEBOOKS.COM

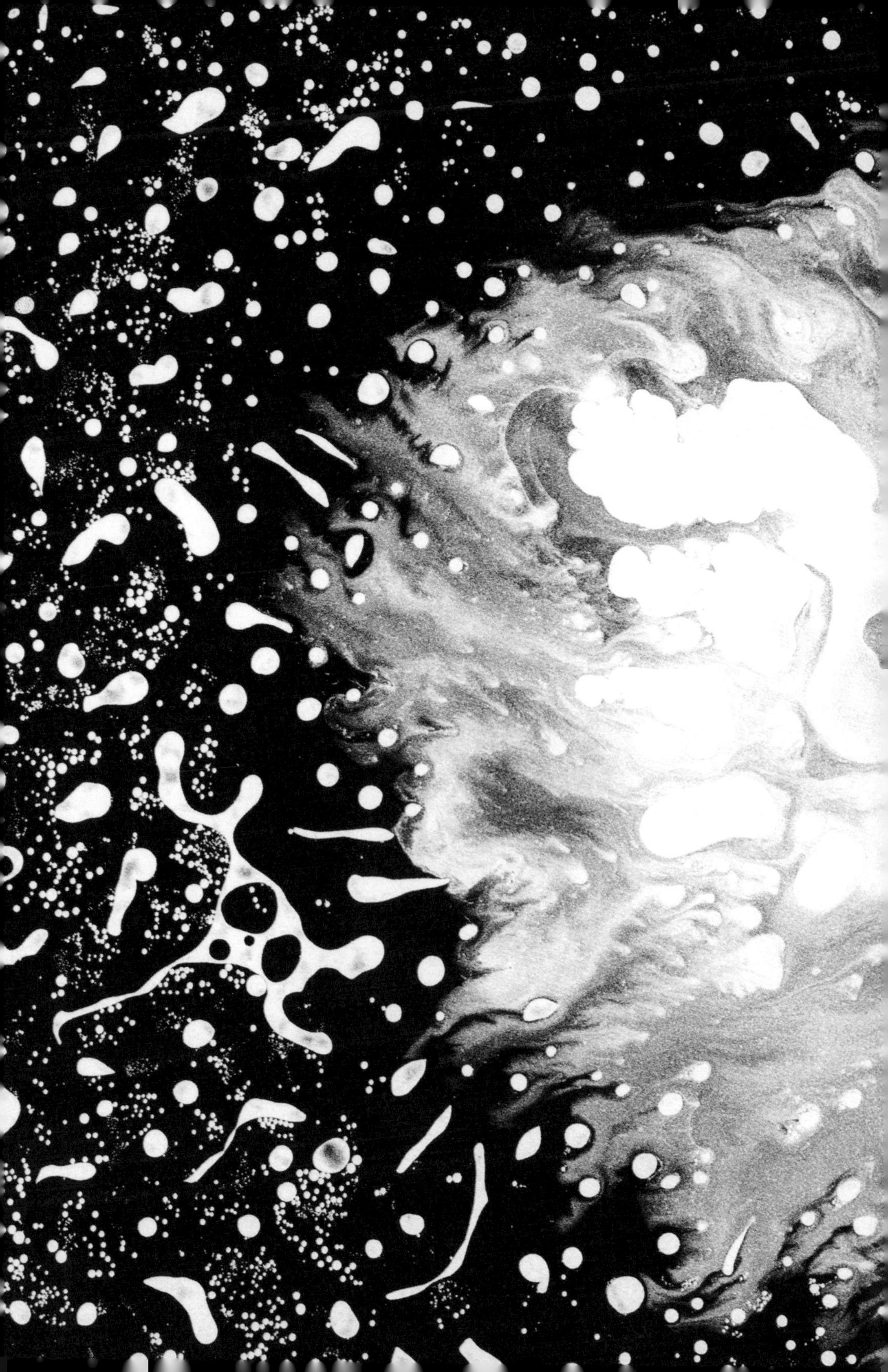